长安花

梦想就是人生道路上的灯塔.

你向它走多远. 它就距离你有多近.

且能照你有多亮.

你唯一要做的. 就是走向它.

一步步. 风雨兼程.

惠潮 著

南庄的梦想

NANZHUANG DE MENGXIANG

✔走进南庄
✔大美陕北
✔悦读交流
✔南庄日记

扫码查看

西安出版社

图书在版编目（CIP）数据

南庄的梦想 / 惠潮著. — 西安 ：西安出版社，
2024.1
　ISBN 978-7-5541-7251-3

　Ⅰ. ①南⋯　Ⅱ. ①惠⋯　Ⅲ. ①长篇小说—中国
—当代　Ⅳ. ①I247.5

　　中国国家版本馆 CIP 数据核字（2024）第 043652 号

南庄的梦想

NANZHUANG DE MENGXIANG

著　　者：惠　潮

出 版 人：屈炳耀
组织统筹：李宗保
责任编辑：李　丹
责任印制：尹　苗
出版发行：西安出版社
社　　址：西安市曲江新区雁南五路 1868 号影视演艺大厦 11 层
电　　话：（029）85253740
邮政编码：710061
印　　刷：西安市建明工贸有限责任公司
开　　本：787mm×1092mm　1/16
印　　张：13.5
字　　数：128 千
版　　次：2024 年 1 月第 1 版
印　　次：2024 年 4 月第 1 次印刷
书　　号：ISBN 978-7-5541-7251-3
定　　价：48.00 元

目 录

✔走进南庄
✔大美陕北
✔悦读交流
✔南庄日记

扫码查看

第
一
章

　　那时候的春来早还不叫春来早，是个丑小鸭，躲在寂寥的北关街。后来的春来早搬到了喧闹的安澜街，生意一下子火起来，等有了现在这么诗意的名号，已经是新世纪了。

　　春来早的老板叫开元，老家在杏子河上的南庄。南庄距离城里并不远，走川道公路一直往西，见杏子河一头扎进去就到了。开元十几岁来到城里学手艺，也跟着城里的四川师傅学过做川菜，甚至跑到深圳学过做粤菜，二十出头又回到了城里。

　　转了一大圈，还是跟着城里的当地老师傅学做面。传统的刀削面，因为放上了香菇，味道大不一样。也因为勤快好学，得了老师傅的真传，渐渐在城里就有了基础。不过还是干不过四川人的酸菜面，为此，开元常常学着四川话骂人："龟儿子，敢抢老子的腰包！""老"字拉得老长老长，分明自己就是一个地道的四川人。

关于春来早的由来，很有几个说法，但凡出了名的人或事，总要有几个版本供人们品咂。较为准确的说法是，一个摇着扇子的常客在吃饭的时候对老板娘报春说："你叫报春，报春嘛，就是强调一个早字。人勤春早，一年之计在于春，做生意就是要勤快，叫春来早，也上口。"

换了名头，行囊也就不一样了，生意竟比原来好几倍。看来还是要有文化，文化太重要了，可以点石成金。报春就想，自己姊妹三个，就只有二妹桂春上过卫校，自己和三妹关春，就不好意思提了。那常客又给春来早写了牌坊，手迹还被裱了挂在柜台后面。一时间，城里人都知道春来早的前世今生了。肉美菇鲜，汤浓面好，确实让同行眼红。

报春姊妹也是从杏子河上的南庄来到城里的，报春一直被认为是懂事的姑娘，没人敢提亲，高攀不起。开元从外地回来那会儿，他老子还健在，四处贩卖羊毛，方圆几十里还是有名有望的。开元见报春还没嫁出去，兴冲冲托人上门提亲。报春见到开元也满心欢喜，就高高兴兴嫁了。

桂春从城里的卫校自费毕业后，没有分配的资格，不过还是留在了城里。后来嫁给了城里人，丈夫叫章良，在偏远的基层林业站工作，反倒成了乡下人。两个人从结婚开始两地分居，彼此都成了习惯。年轻人不在乎时间，可是时间过得让他们自己也后怕。二十年弹指一挥间，桂春感慨自己婚姻形同虚设的时候，已经四十出头了。

只有关春没嫁到城里，嫁给了南庄一个自小没爹没妈，老实巴交的粉刷匠来望。来望一直在城里的建筑工地上干活，也算是固定职业了。可是不几年，来望手头有了积蓄，就把关春和四胞胎四朵金花也接到城里来了。姊妹们没想到，她们竟然能相聚在城里。

以前，桂春和关春都想过和报春合伙开店。她们更多时候是离不开报春，想待在报春的翅膀下。对此，报春不同意。报春想，小本生意，银钱上，亲姊妹一起早晚有矛盾。报春的坚持使得桂春和关春也放弃了这个念头。当时，桂春自己在城里的一家私立医院当大夫。报春说："你上过学的人，开饭馆是自降身价。"桂春"喊"一声，为自己这个赤脚医生的身份感到羞赧。

这么多年来，桂春除了在医院干过几年，结婚后就自立门户，开了诊所。说到底，桂春一直觉得自己就是个诊所老板娘。桂春觉得自己和报春没什么区别，特别是当别人说她是大夫的时候，桂春自在又不自在。诊所就是治个头疼脑热，和春来早的生意比起来，简直就是九牛一毛。倒是关春在春来早当过几年服务员，生下四朵金花后，就没再来上班，成了家庭主妇，安心照顾四个孩子。

姊妹三人还来不及感慨，都四十出头了。他们的老子叫崔秀录，年轻时候是南庄秧歌队的伞头。他一辈子游手好闲，都没给自己挣下两孔窑洞，这在杏子河上是最丢人的事。当年，他一直在自己的挑担（连襟）——老支书刘明山的佑护下活着。当然，他也干过惊天动地的事，就是挑担俩一起打砸了寨子山上的关公庙。这在南庄人们的心里，烙下了一个病症，以后但凡出事，都能和这事联系起来。

好在报春姊妹三人没遇见过什么大事，只是姨父刘明山的二儿子秋水拐走了南庄的满德婆姨，叫紫霞。这是人们普遍认为的后果，"养不教，父之过"。至于一般的事，谁也不会和庙的事联系起来。

报春姊妹一个比一个大两岁。关春最小，显老的是她。在这一点上，关春很自卑，容貌不及两个姐姐，又是个家庭妇女，操持的老妈子。报春也好看，成年间在店里不出去，晒不着太阳，脸显白，气色不错。报春怕关春自卑，就说："我和蹲牢房的犯人有什么区别，自己给自己建了牢房，哪里也去不了。"

报春姊妹从小没了娘，忧患意识比一般人要强得多。前几年，她们的老子崔秀录身体不行了，姊妹三个轮流着伺候，让周围的人羡慕。崔秀录死后，姊妹三人又在城里的八宝陵买了块墓地，从南庄把母亲的遗骨也迁下来合葬了，就踏踏实实成了城里人。

现在的报春也是城里大大小小的名人了，赶上今年地震，城里的街道办发动商户们捐款，报春都没和开元商量就捐了十万块。报春对开元说："人活一辈子图个啥，咱孩子马上毕业了，三套房，他们安排工作和结婚的钱，也都有了……"为此，报春还受到了妇联的表彰，成了"妇女代表""三八红旗手"。因为这个荣誉，春来早的生意比原来更好了，这时候的报春想着要扩大经营，想着能和四川人的酸菜面一决高下。

报春这样想的时候，开元却在想着其他生意。开元只想维持春来早的现状，不就是一碗面嘛，开小了人挤人，还有个人气；开大了，来吃饭的人就显得稀稀拉拉。城里除了酸菜面，店面无限大，人是跟着无限满。川味横行天下，一碗陕北的香菇面不可同日而语。报春执意要扩建，开元就说："那我自己开茶楼去。"报春说："你做梦吧，茶楼是你能开起来的？你以为茶楼是干啥的，喝茶？挂羊头卖狗肉。"开元说："开了这么多年面馆，每天就是厨房，我都快疯了。"报春说："不要作死，比起牢房里的犯人，你自由着呢。"开元笑道："我又没犯法，把我和犯人比，你不也常说自己像犯人吗？"

报春其实也心动，但是心里更清楚隔行如隔山的道理。见开元铁心要干，拦是拦不住。传帮带的徒弟，早就自己上手了，春来早的味道没有变，这是报春最欣慰的。男人嘛，想闯就让闯一闯。报春不置可否，开元就开始行动了。

报春很少出去逛街，有事都是服务员小环代劳，就连内衣都是小环买。小环乐得如此，每次都是兴冲冲圆满完成任务。以前报春常常会感慨一句："将来谁有福娶了你，能过一把好日月！"偶尔要回南庄的娘家，报春就把店里的事扔给了小环。往往这么一扔，反倒轻松得有些哀怨。再后来，南庄的后生宝瓶成了春来早的厨师，一来二去就和小环结婚了。

一路过来，小环和宝瓶两口子就没和报春家分开过。小环也想过离开，另起门户，毕竟一般服务员干到二十来岁嫁人后，就不会再干下去了。服务员是青春饭，客人也是看人下菜，但是宝瓶不同意，觉得两口子依靠在春来早就是一份固定工作。婚后又坚持了两年，小环也就决定不再瞎折腾了。

经营多年的春来早几乎没人不知道，他们的肉丸子独具一格，香菇也下得多，糖蒜还免费。一般从上午十点就来人了，中午开始到晚上，几乎就是吃流水席，让周围的同行眼红。有些客人一边买票，一边还要和报春寒暄几句，什么每次来城里都要吃你家的香菇面，什么别的都不如你家的，你还是那么年轻。

报春有时候心烦，特别是大夏天，热得浑身都透了。偶尔回应一句，有时候真的烦了，就说："亲自啊？"客人没听明白，报春便笑出来，声音加重了："亲自来吃啊！"客人才反应过来，就说："你们生意这么好，挣了不少吧，买了几套房了？"报春就把手里整理好的一把零钱，在柜台上"啪啪"掼几下，说："钱都扎得手疼，钱，天天一把一把的！"

客人们都知道老板娘的习性，人是好客，但有时候又带点"刺"。就像医院的护士，同一个问题每天被问千百遍，能有好脸色才怪。

十多年的相处，小环早已不把报春当老板娘。报春也早就把小环当成了亲妹妹，这让开元常常打趣："你俩就是凤姐和平儿……"有常客看在眼里，就打趣开元："老板好福气啊。"话说得意味深长，开元便自我解嘲地大笑一气。店里就四五个人，等宝瓶得了开元的衣钵，开元自己落得清闲，渐渐地混迹于街上的茶楼酒肆，心里盘算着要自己开茶楼单干了。

男人就是哈巴狗，让你讨厌也让你欢喜。报春有时候也会鱼水之欢后发发牢骚，开元也一套一套等着报春："男人啊，就是女人手里的风筝，你揪得太紧，容易断。放松，再放松，他自然会掉下来，早晚还不是你手里的孙猴子嘛！"报春往往会被逗笑，好在都是明白人，分寸火候各自拿捏，不要太让人难堪过不去，就啥都不是问题。

宝瓶在开元张罗茶楼的时候就离开春来早了。男人做事就是这样，自己还劝小环不要离开春来早，自己却安顿过后就离开了。这一切，好像一夜之间的事，想都没仔细想，仔细想过的事，基本半途而废。

其实，这么多年来，宝瓶也是憋得慌，和开元一个意思，想出去单干。开元一出去，宝瓶也开出租车去了。不过宝瓶还是怀念春来早，怀念当厨师时候的感觉。加之小环还在春来早，宝瓶出车间隙仍然来春来早吃面。有时候，宝瓶还带几个的哥来。报春从不收钱，但还是逗一句宝瓶："从小环工资里扣，省得你掏钱了。"

宝瓶知道报春的意思，加一句："兄弟几个的都扣了，算我请。"报春知道经济大权在小环手里，小环的控制欲强，为了买房子，一分钱当两分钱存。宝瓶年轻爱耍闹，但在小环跟前像只猫。眼下宝瓶连烟瘾都戒掉了，打牌也戒了，就剩喝酒改不了。宝瓶说："吃喝嫖赌抽，就剩喝酒的毛病了。如果连酒都要戒掉，下一步，就把老婆也戒掉算了。"

宝瓶来春来早吃面，在小环看来这时候的宝瓶低眉顺眼，像个孩子。小环有些得意，男人嘛，要有脾气，可以有点坏毛病，但必须无条件听老婆的话跟"党"走。小环有时候骄傲地说："我就是党旗，当年在我面前宣誓过，就得听我的。"

小环就是这么骄傲，一点都不像给人家当服务员，是个端茶递水的人。宝瓶有时候和他的哥们兄弟一起喝酒，免不了牢骚一顿自己的老虎老婆，心里却是美滋滋。又说起报春，就是亲切的大姐。宝瓶心思单纯，倒是报春有点可怜他。偶尔报春觉得小环和开元眉来眼去，报春醋醋的，但又引而不发。

报春心里清楚，哪有不偷腥的猫，不偷腥是没闻到腥味，睁一只眼闭一只眼。小环也三十多岁的人了，两个孩子的妈。女人三十几还能有多少迷惑力，要有早有了，只是以前报春没觉得，可能是自己四十出头，人老珠黄了。比起小环，自己确实是老了。报春想到这里不禁寒噤一下，日子不经过，怎么就老了，感觉还没好好来得及活就老了。

开元要开茶楼，报春一直以为就是说说。干一行都难，何况隔行如隔山。说了千万遍理由，现在生意红红火火，何必再寻其他路子，多难。道理是对的，可是开元铁了心，不再和报春商量，茶楼就开张了。

等到小环也请假的时候，报春心里咯噔一下。早些年也咯噔过，但没这次这么明显。那咯噔声就像长了翅膀，从内脏里飞出喉咙，让报春有些惊愕。那声响太大了，闷闷的，又掷地有声。夫妻一个店厮守了二十年，说分就分了。报春眼下没有后顾之忧，安澜街上三套房子，两个儿子大学毕业后刚好赶上最后的分配机会，不用考试都进了事业单位。按说，现在也不要操心了。只是开元就这么生生地分开，自己一人单干，报春还是回不过神来。

连续几天，报春一人站在柜台前，像个迷路的孩子。这是要双飞啊，报春想质问开元，她对小环开不了口，没脾气。小环只是家里有事，不迟不早，就在开元盘下茶楼的时候，家里的事，终于忙不开了，要请假。

报春最是个现实的人，想发火也发不出来，生米做成熟饭了。

报春知道小环说的请假是什么意思，就是辞职不干了，眼神骗不了人。报春嘟囔一句："攀高枝去？"小环有些委屈地说："大姐，你瞎说。"再没下文了。以前小环常说："姐让干啥我就干啥。"报春说："我让你跳崖你也跳？"小环一本正经地说："跳啊，为什么不跳呢，你说我就跳。"

小环就是这样的性情。现在的小环在报春面前好像连一丝愧疚都没有。这样的姐妹，报春狠狠骂自己一句："眼睛糊上狗屎了。"春来早一下子要散了，周围的商户，常客们，都传得有鼻子有眼，什么难听的话都有。报春憋着一肚子气，真想拿根针，照着渐渐松软的肚皮刺一下。

当然，报春更多的是不舍。这么多年，小环骄傲地指使开元，一点都不把自己当外人，骄傲得有些欲盖弥彰。报春可怜自己的时候又可怜宝瓶，如果他俩真有事，宝瓶知道吗？宝瓶知道后会是什么反应？会不会来闹事，这是报春想得最厉害的后果。

也许是报春想多了，宝瓶非但没来闹，来了吃饭，反倒比过去还要开心。也是宝瓶把情况给报春汇报了。茶楼的老板原来做得不错，后来染上不好的毛病，进去了，烂摊子没人管，低价转让了。茶楼就在繁华地段的小东门，报春真想骂几句宝瓶，又觉得滑稽。宝瓶还说："小环去站柜台了，平常的事务都是她打理。"小环在茶楼的角色，和报春在春来早的角色差不多。不同的是，小环不是老板娘，一切都要听开元的。报春最后都没有看一眼宝瓶，只有隐隐地心痛。

其实小环和开元倒真的没什么关系，除了大家口头的玩笑外。小环和宝瓶关系是真的好，每次和宝瓶干那事，宝瓶看着小环舒展着，都会像城里人那样问小环，其实是明知故问："高潮了？"小环骂一句："狗日的……"骂完还要把宝瓶抡几拳。宝瓶说："男人高潮我懂，女人怎么高潮，确实不清楚。"小环说："就是……就是死了都高兴，懂了吗？死了都愿意的那种感觉。"宝瓶说："可是我不知道。"小环说："以后每次来的时候我都掐你背，掐了你就明白了。"

报春见开元的茶楼开起来，忙得不着家，自己盘下了附近一家店面，把几年来想扩大店面的想法也实现了。都说这家店风水有问题，多少年来做什么生意都是门可罗雀。店内窄而且深，像个隧道，开元曾戏谑说就是个洞房。不过比原来巴掌大的门店好多了，装了空调，夏天再也不用那么受罪了。

报春每到夏天就犯愁，店里转不开身，热得像洗桑拿，所以人多的时候没一句好话，也不想给客人一个微笑的服务态度。报春装修好春来早，阔气了许多，坐在宽展的柜台前，内心浮出淡淡的成就感。进门就是吧台，客人都经过吧台进里面吃饭。穿过三人宽的过道进到里间，倒显得安静不少。店面扩大了，又加了几个小凉菜，价格也随之提升了。可是客人却不买账了。又或许应了风水问题，春来早的经营成本上去了，可是效益却下来了。

经营一个月后，报春粗略算了一下，收入是原来的三分之一。报春感觉自己是休息的状态，生意有好有坏，报春也不急不躁了，就当给茶楼留个退路吧。茶楼倒闭快，城里的特色饭馆，几十年不倒闭的大有人在。报春在这一点上还是谨慎，不想出任何问题。

报春和开元单干以后，小环也偶尔来春来早看一眼报春。知道报春需要什么东西，就像家里的保姆。这一天，小环买了两份煎饼，一份陕北三丝的，一份豆腐干的。报春接过来，也不说话，吃到一半才开口了，小环知道是吃舒服了。报春一边咽一边讽刺小环："你有新主子了，就不要来伺候我了。"小环"呸"一声说："还真把自己当王熙凤了，你当老板娘，腰缠万贯，我总不能一直给你当丫鬟吧。我那两个小子要不要养，要不要买房子，哪里来钱？"

说得报春倒没话了，不过报春问："那边生意怎么样？"小环说："看看吧，还是关心你们自家的事。好着呢。比不上春来早，但也可以。刚开始嘛，总得有个过程，就是比这里安静。"报春左右看看，眼睛问小环，小环会意，故意迟钝一下，压低声音说："没有的事，你就放心。"报春说："你别骗我，改天我突击检查。"小环说："你来，来了给你泡最好的铁观音。"报春说："我不喝，喝不起。"

赌气归赌气，改天，报春还是心血来潮想到茶楼看看。

报春害怕茶楼的包厢里有麻将桌，虽然小环嘴上不说，那是故意安自己的心。单纯喝茶谈生意，报春倒不怕，就是挣不了多少也不是问题，春来早瘦死的骆驼比马大。报春知道茶楼的情况，闹不好遇上整顿就得进去。罚款倒是小事。茶楼一家家开，一家家倒闭，问题就在这里。谁都知道有风险，可问题是那么多人明知这个情况还要开，都想一夜暴富。报春想到这里，还是没进去，平时和开元有个君子协定，也不问茶楼的事。作息也不同，报春回家早，茶楼夜里的生意才好了。

一天，开元回家早，报春突然说："我可是听人说了。"开元也没回头，在猜测报春的话。报春着急，说："茶楼到底带不带赌博？"开元意识到了报春的意思，回头嗤一笑，说："你大惊小怪。"报春说："这么说就是带？"开元反问道："你说呢？"报春用洗脸毛巾抽了一下开元的脖子，开元不生气，笑了，说："你有几年没打我了。"

报春觉得空虚又充实，两口子各干各的，少了很多麻烦。偶尔想想，也就那么回事。年轻时候腻一起没够，开元以前常说："折腾一晚上，第二天照样经营，腰不酸腿不疼。"现在连折腾都不提了，真是人到中年了。难道就老了？报春有些不甘心。想到两个妹妹，常常打电话叫她们过来。报春对两个妹妹就是那句话："我出不来啊，你过来。"桂春也说："我也出不来啊。"报春说："你出来了也不到我这里来。"

报春常常动员关春过来，关春一肚子生出来的四个姑娘，依次叫大朵，二朵，三朵，四朵，也被人叫四朵金花，平时住校，都是周末才回来。

以前周末关春倒是不想出来，在家伺候她们，一个个洗澡换衣服就得忙两天。只有平时关春才出来，关春对春来早有感情，来了就帮报春干活。报春说："有服务员呢，还要你动手。"关春说："干过这个，来了就忍不住。"报春说："在家也有在家的好处，以后孩子们上大学了，你再出来干个啥。"关春说："那时候就是老大妈了，谁要？"报春说："你可以自己干。"关春说："我就这命，等她们有孩子了，还不得我给带。"报春说："你别这样想，这样想一辈子就没意思了。"关春说："我二姐文化人，常说数十年如一日，咱这些人，不就是这样吗？"

报春难过一下，看看关春，脸还过得去，就是两鬓都苍白了。报春问："你今年四十几？"关春笑得略略的，说："你连我年龄都忘了，你记得你的年龄不？"报春说："我六四年的。"关春说："我比你小四岁，你和秋女姐她们同龄。"报春说："秋女比我大一岁。"又感叹一声："你才四十。"关春说："四十一，我们才不说周岁了。四十一就这样了，你说吓人不？"报春说："你四个女子，来望也踏实，你愁什么？"

关春说："愁孩子们的工作，以后都不安排了，要考试，你说难过人不。我就怕她们考了大学，出来再考试，考不上怎办？"报春说："你愁这个？才进大学门一年，以后的事说不准，也许不要你愁，人家自己挑拣着工作呢。"关春说："你看看风气都成啥了，听说安排一个工作快赶得上在安澜街买一套房子了，学好了也不一定有用。"报春若有所思说："说的也是。"关春说："你看你命好，两个外甥一下都安排了。"报春吐吐舌头，脊背像被刺了一下，说："你还说呢，明年起就不是这样了。我拼了半条命，赶上最后一班车，才有这么个结果。"关春说："有后台就是不一样。"报春左右看看，说："你胡说些啥。"关春说："现在都显摆呢，有后台才是人上人，你怕啥。"

报春说："上出来再说，都说今年是最后一批不用考试，不过大多数还是要考试。少数符合条件的就不考试了，紧缺人才嘛。你也不要愁，还有我呢。关键是权力不在咱手里，一时一个变化，有点门路总比没有强。还是那句话，不管政策怎么变，学好了就算数。"关春一听才舒口气，又问姐夫的茶楼。报春说："你别问我，我也不问他，提起就愁。"关春说："就和我怕孩子们没工作一样愁？"报春说："你那还愁人？"关春便笑。

报春对自己的两个儿子很满意，他们几乎不来春来早。前段时间毕业了，安排工作后，报春总会对人说："安排了，分配了，一小部分具备条件的都不用考试。"言外之意就是没有参加考试，和过去分配制度时候一样优越，铁饭碗，一切顺理成章。

作为城里的妇女代表，报春心里还是优越的，骄傲的。别人现在羡慕报春，不是春来早挣了多少钱，都羡慕报春的两个儿子参加工作了。报春说："这就是因果报应啊，总不能都和我一样，开一辈子小饭馆受罪啊。两个儿子不算出类拔萃，但绝对是听话的好孩子。下一步，就该谈婚论嫁了，房子早就准备好了，时间问题，有合适的，就水到渠成了。"

报春这样表现自己的满足感，难怪让关春着急。四个女子，去年齐刷刷考了大学，除了二朵，其他三个都是普普通通的大学。关春现在不着急孩子们毕业，着急的是想知道她们毕业后的结果。特别是看到两个外甥工作以后，关春羡慕的同时，头发都要急白了。

关春从春来早出来，看看时间还早，就想去茶楼看看。到茶楼就被门口帅气的服务生拦住了，关春说："我找你们老板。"说着就往里走。关春没来过茶楼，不懂这些，还是被堵住了。吧台上的小环耳朵尖，听声音是关春，连忙说："让进来让进来。"关春进来，见小环粉嘟嘟的，和过去大不一样，就羡慕道："看来工作环境太重要了，以前你和大姐一样，脸白，现在透着红，越年轻了，顶多三十。"

小环从吧台旋出来，说："三姐笑话我，我也快四十了，比你小不了几岁。"关春说："我不坐，站站就走。"小环说："喝口茶，我给你装爆米花。"关春说："小时候吃多了，够着呢。不要不要，垫牙。"小环说："这爆米花和咱小时候的不一样，你吃了就知道了。"关春尝了一个，嘴里连连说好，索性就坐下来吃。小环说："怎么有时间来茶楼了，没去大姐那里？"关春说："刚从那边过来。"

小环说："难怪了，大姐还没来过。"关春问："姐夫呢？"小环说："出去了，没在。"关春说："出去干啥了，也不守摊子。"小环说："采购去了，就和春来早一样，也要采购啊。"关春虽然相信小环的话，但总觉得哪里不对劲。大厅里是喝茶的人，他们都是在这里安静地谈生意，也能听见包厢里发出的叮咣声。

关春故意不再问什么，倒是小环慌起来，连说就是玩个乐子，算不上赌博。又说："千万别和大姐说啊，她要是知道就麻烦了，不好给解释。"关春鼻子哼一声，把最后的爆米花咽下去，问小环："你和我都叫她大姐，你说我和她亲还是你和她亲？"不等小环开口，又说："你们就不要走正道，她是睁一只眼闭一只眼。她又不是不长腿，又不是不能找个人来看一眼，她只是不愿意。"

小环忙要装爆米花，关春摆摆手说："吃饱了。"小环低声对关春说："三姐你也知道，抓紧挣一点，见好就收，不会有事的。"关春说："我也不盼你们有事，挣钱是好事，可是千万不要出问题。"小环见关春缓和下来，忙说："就是就是，方方面面都打点了。"关春说："你两口子也不容易，姐夫有退路，你俩可要好好的。"

小环感激地点点头。

茶楼里有包厢，有的是喝茶，更多的是打麻将。偶尔也被检查整顿，罚款后，警告后，不几天，又带上赌博了。茶楼开业后宝瓶也就不开出租车了，两口子在这里是干股，一分不投资。开元知道小环两口子能靠上，自己每天大爷一样，出去和宝瓶请重要的客人吃饭，也请他们来茶楼消费。混熟一些有头有脸的人，茶楼也越发红火了。

茶楼内务都是小环，小环从端饭洗碗的服务员，一下子变成了老板娘，有模有样。只是心里还是怕报春知道，有时候也劝开元，开元说："这种生意，指望和春来早一样辛苦做一辈子？最多两年，见好就收。两年后就是再能赚，也必须倒手。"

小环有些遗憾，吐吐舌头。开元说："生意人，哪里有机会就投资哪里，现在就是有本事人的天下。"开元和过去的角色不一样了，说话慢条斯理。小环说："以后你不干了，我们怎么办？"开元说："你别操心这些，我干啥你们跟着干啥，最后不行你再回春来早去。"小环说："那我是回不去了。"

小环把关春来过的事给开元说了，开元说："不会是代她姐来的，她们不是这样的人。"下午，开元还是回春来早吃饭。报春倚在吧台上，说："大老板好久不来了。"开元说："想你了，不是想饭了。"报春举起蒲扇拍了一下开元的头，开元说："两个小姨子最近也不来？"报春哼哼几声："你怎么提起她们了？"开元说："最近不是不在店里嘛，她们来没来我也不知道，就是随口问问。"报春说:"关春来过。"

开元"哦"一声,看报春的脸色,关春肯定没和她说去过茶楼的事。开元说:"欢迎老板娘来检查工作。"吃完就拍屁股走人。报春也不理,见开元出门后,身子从吧台探出来一下,无奈地摇摇头。

茶楼半年来的收入高兴坏了小环,小环说:"窝在春来早屈才了。"开元说:"没有春来早的窝,哪里来的今天的胆子。"小环说也是。小环交了首付买房子,说要是当服务员,开出租车,八辈子能买到房子?宝瓶也是这样想的,张口闭口"我们老板我们老板"的。开元听着也受用,有时候带宝瓶去捏脚,其实宝瓶现在就是开元的拐棍,走到哪里都离不开。

宝瓶是聪明人,从不和老板一起捏脚,角色摆正了。开元越发喜欢宝瓶,把宝瓶两口子的干股提高了,小环很快就把房子余款还完了。的哥们都羡慕宝瓶,要宝瓶自己租几辆出租车。宝瓶和小环一商量,觉得这是个好事,先期租了两辆。两口子在茶楼入干股,在出租行业又成了真正的老板。

小环见春来早生意不像以前,给报春送吃的,暗示了一下。报春说:"别操心我,你们都收敛些,说过了那不是长久的,别越陷越深。你们放心,我是不会来茶楼的。"小环说:"真没事,现在就这风气。"报春有些不高兴:"风气再怎么,也是人家的事,阴沟里翻船的哪个不是能人。"小环说:"我是说不过你,道理也在你这里。我也是没办法嘛，两个辍学的儿子。"

报春叹口气，说："谁有办法，你们两口子干什么都行，就是心急了点。好在你们年轻，年轻人我理解，都是从年轻过来的。"小环"喊"一句："好像你多老似的。"报春说："现在你们房子也有了，饭要一口一口吃。"小环说："姐姐，我们可是有两个儿子，现在才一套房子。"报春说："有了两套以后，你还会想啥？"小环认真地想了一下，说："除了买房子，还能干啥？生意五花八门，挣了钱，还不是一套一套的买？房价下不来，是因为大家比着买。多少套才是个头，价格怎么能下来呢。"

报春有时候觉得小环比自己强，为买房子辛苦攒钱，也舍得穿。小环要陪报春买衣服，报春说："天天待面馆，穿什么不都一样吗？"小环说："大错特错，你是不出去，可是来的人形形色色，也有审美疲劳。来了见你就四季服，谁有好心情？"报春说："我卖面又不卖脸。"

小环说："你不出去，客人来，等于是你出去了。客人赏心悦目，生意才会好。"报春觉得小环说得也对，开始给店里的小姑娘都换工作装，生意似乎好了些。报春心想小环有眼力见儿，自己是不是真该改一下思路。以前是靠口味，保证了一批回头客，改了门面后，生意下来了，凭借的其实还是老顾客。

小环说："你看看，咱们参照酸菜面，扩大了店面，提升了规格，就是有一条没做好。"报春问："哪里？你说。"小环说：

"你说。"报春说："你说。"小环说："人家的服务员戴口罩，我们的不戴。"报春说："这算什么事？"小环说："端一碗面，到处喊号，客人不嫌弃吗？唾沫星子溅不到碗里？以前小店，就几个桌子，也不需要叫号上饭，现在店面大了，一下找不见人。这不光是卫生问题，也是文明问题，是对客人的尊重。"

小环的话让报春醍醐灌顶。报春非但没生小环的气，还要伙计赶快出去按人家防疫站的标准买口罩，以后还要好好和酸菜面学服务。香菇面是城里的香菇面，酸菜面或许是中国的酸菜面，难怪人家的火锅开到哪里哪里火爆。报春觉得人还是要出去开眼界，小环还没去哪里，就是在茶楼，都长了见识，批评提意见也让人愿意接受。

关于戴口罩的事，其实不是小环自己发现的，常来茶楼喝茶的人说起春来早，小环听见了。好的建议是不会当面提的，客人吃了走人，提好了还好，提不好就是自找麻烦，客人都知道这个道理。小环把这个建议转达给了报春，没想到报春换了个人，专门开会整顿。还要服务员去吃酸菜面，顺便点一碟小菜，多坐坐，自己体会比老板体会说教效果更好。再说报春很少去吃酸菜面，脸太熟了，去了感觉同行的门不能进一样，都对自己指指点点——这不是春来早的老板娘吗？好几年报春都没去吃过酸菜面了，偶尔想吃，也是叫人买回来。

取经回来的服务员说："戴口罩好是好，就是戴一天捂得不行。"报春就说："看看，看看吧，人家捂一天不难受，你们就难受？人家服务员都是四川带过来的，为啥不雇佣当地的人，就是吃苦不够，动不动就把自己当小姐，人家工资还没你们高呢。"报春还说："明天起，从我开始戴。"报春说到做到，戴上了口罩，感觉底气足了。

城里游客越来越多，春来早不该只卖当地人，只卖回头客。报春这样想着，还想把生意做大呢。城里再开几家连锁店，不能老样子靠口味了。难怪小环要往出跑，不紧跟时代步伐，是要被淘汰的。报春这样做了，生意就比过去好一些。报春也觉得安心，人就是要思考。报春想起后来的开元喝醉后在众人面前的那句话："要思考才有出路。"思考这么重要，以前怎么就不愿意听他的呢？

第
二
章

　　正月十五以后，一切都回到轨道，这年才算过完了。桂春从
郊区的诊所坐公交到安澜街的药品公司进药，先来春来早看报春。
见报春戴着口罩，桂春说："早该这样了。"报春说："整个安澜
街，也就酸菜面和我们。"桂春说："走在前面的，都是勇士。不
要小看一只口罩，病从口入啊。"报春说："是小环提议的，效果
还是不错。"桂春问："小环呢？"报春说："你常不来，电话也
不打，世事早变了。"

　　桂春坐下，报春就让厨房给桂春下面，把情况给桂春说了一
遍。桂春并不惊讶，就像平常一样，淡淡地听着。报春说："没

回南庄吗？"桂春接过服务员端来的面，嘴里"啧啧"几声，也不回答报春的问话。报春又问："你要糖蒜吗？"桂春说："我还是想吃，但是就怕味道。"报春说："你就是太讲究了，谁闻你？"桂春说："挤公交，身边的人能闻见，味道大着呢。"报春说："公交车上谁认识谁，你怕啥？"桂春摇摇头，说："这你就不懂了。"桂春低头吃面，报春就去忙了。

桂春决定回一趟南庄。一般来说，桂春把回南庄不叫回南庄，而是很郑重地叫回杏子河，南庄的人大概也只有桂春这样说。每次都会坐乃龄的班车，已经成了习惯。下了班车，桂春都会沿着杏子河往回走。南庄的人都知道桂春这个习惯，但人们大都不理解，只有桂春自己乐在其中。沿着杏子河，桂春总是思绪万千，就当给自己放个假。

桂春回来住姨妈张凤兰家，姨父，也就是老支书刘明山，早就过世了。表姐秋女嫁到了南庄，和她的男人一直在南庄种苹果。大表弟秋山在城里干大事，具体干啥大事，谁也不是很清楚。二表弟秋水呢，十几年前拐跑了南庄的满德婆姨紫霞，如今也云里雾里，都不知道人在哪里。家里就姨妈张凤兰一人，也常盼着报春姊妹能回来。

头一晚，张凤兰给桂春做凉粉。无论怎么忙，只要桂春回来，张凤兰也就不忙了。第二天上午，吃饱凉粉，桂春就爬山，这家进那家出。南庄的人都喜欢桂春，一直也没把她当嫁出去的姑娘。桂春从来没和自己的丈夫回过娘家，南庄的人知道两人没离婚，只是那个叫章良的女婿从不陪老婆回娘家，倒是有点说不过去。桂春也从不提自己的家庭，只是和庄里人嘘寒问暖。南庄的人觉得桂春亲切，桂春还会坐在三轮拖拉机上去高桥镇赶集。高桥镇的集市还算热闹，要不是那个过继的孩子周末要回家，桂春真不想回去。南庄就是自己的家，桂春在城里这么多年，心一直就没离开过南庄，心心念念的，还是杏子河。

夜里，桂春睡下，和张凤兰拉家常，拉南庄的人，拉杏子河上的人。出去的，回来的，没出去的，死了的，拉也拉不完。桂春翻身，张凤兰也翻身，相互抱歉地问一句："还不困，不困就拉话。"

快到二月二了，倒春寒，天气又要回到腊月了。这一大早，桂春还在迷糊中，听见张凤兰在拉风箱，擀杂面。桂春饿了，想早点起来。伸个懒腰，问张凤兰："你这擀杂面的本事，庄里估计没人能和你比，现在的新媳妇们还不知道会不会擀杂面？"张凤兰说："是，都是婆婆们给擀，她们哪有这个心思，能买的都买，谁愿意自己动手呢？"

桂春起来洗漱，听见外面闹哄哄的，嘴里叼着牙刷跑出来，见邻居婆姨们都往坝梁上奔。还没等桂春开口，杜康婆姨就说："桂春你不知道啊，连红死了，喝农药了。"人就奔到坝梁去了。桂春半天惊愕在院子里，牙刷在嘴边跳跃了几下。张凤兰听见动静跑出来，一手提着盘子，一手在围裙上揩了揩。桂春转身，眼睛瞪着张凤兰，牙刷从嘴里取出来。张凤兰不知发生了什么，看着桂春。桂春喃喃地说："连红喝农药了。"张凤兰啊一声，手里的盘子咔嚓掉在院子的水泥地上，摔了个粉碎。桂春回到家，匆忙漱口，胡乱用毛巾揩了嘴。张凤兰解下围裙，就被桂春拉着也往坝梁上跑。杜康早发动了自己拉客的小面包。

庄里的后生抬着连红，连红娘放声哭叫，给连红招魂，也在骂连红婆姨，骂自己的亲家。还没等跑到坝梁上，杜康的小面包就启动了。小面包加了油，噌一声往前送了一截，发出沉闷的吼叫声。连红娘哭断了气，大家扶住连红娘，就叫艾名臣大夫来。

等叫来艾名臣，也没号脉，就气呼呼地说："受急躁过度，快扶回家睡去。"庄里人都没有散去的意思，聚在坝梁上，也惊动了杏子河。杜康婆姨说："都到我家坐吧，能不能救活，看命了。我家过年酿了一大坛浑酒，我给你们滚浑酒。"张凤兰说："杜康家的，你给男人们滚吧，他们辛苦了一阵子。我们回家去了，给桂春擀了杂面。"桂春边走边给报春打电话，信号不太好，要往高一点的地方才行。

桂春往前紧走几步，信号可以了。半天报春接起电话，桂春说："出大事了。"报春说："庄里这几年净是死人，谁又死了？"桂春问："你怎知道死人啦？"报春说："除了死人，还有啥大事，你快说。"桂春说："你真能耐，我不说了。"报春说："你快说，你不懂我的意思吗，你要急死我？"桂春说："连红喝农药了，正往安澜医院赶呢？刚走，估计四十分钟就到了。"

报春"啊"一声，没了下文。桂春挂断电话，报春又打过来，桂春也不说话。报春说："不知去哪家医院，不会直接来安澜医院吧？要是来安澜医院，我要不要过去等？"桂春说："这么大的事，城里除过安澜医院，还有哪家可以。要去赶紧去，说不定人家到了你还到不了。杜康的白色小面包，你就站在安澜医院大门口等，快去。"

报春安顿了店里的事，也不打车，急急忙忙往安澜医院走，挎包在腋下甩来甩去。报春家和连红家一直处得不错，当年关春差点给连红说亲呢。关春忘了这事，报春还没忘，一直觉得连红人不错，可是关春看不入眼。报春也知道连红和婆姨一直合不来，换了现在是关春，连红还会不会喝农药？

不到十分钟，报春就走到安澜医院大门口，竟出了一身汗。报春站在大门口的一侧，观察涌向医院大门口的小汽车，眼睛都看酸了，就是不见杜康的小面包。又给桂春打电话，桂春说："算算时间也快了，你再等等。"报春说："随行几个人？我腿软，不知道什么情况。"桂春说："刚听车上人打回来电话，人怕不行了。"报春说："喝了多少？"桂春说："杜康和车上的人都哭，几个大男人都那样，肯定是不行了，不管喝了多少，等发现太迟了。"

报春"嘻"一声，说："可怜啊！"又问："要不要关春也过来？"桂春说："有时间就过来，人遇上这么大的事，再说……"报春问："再说什么，你还提他俩那事？"桂春说："不提那事，也是一个庄里长大的，就算可怜，也应该来医院看一下。"

报春就给关春打电话，关春和来望也是急匆匆赶到安澜医院。报春立马感觉腿上有劲了，老远报春就喊："应该快了。"正说着，就见杜康的"小面包"到了。报春就叫杜康，杜康见是报春，头探出来。对报春说："姐啊，啊，人都硬了。"报春眼泪哗啦啦流了一地，头伸进去。报春哭道："你傻啊连红，你一个大男人怎这么想不开。"关春两口子把报春拉开，面包车"嗖"一声进了安澜医院的大门。几个人哭喊着把连红往急诊科抬。抢救都没做，医生就下了结论，农药中毒，人都停止呼吸半个小时了。几个人就在急诊科大哭一场，就把连红安顿在了医院的太平间。

报春给桂春打电话说了情况，桂春说："婶子昏厥了几次，艾大夫一直给抢救，人都奄奄一息了。"报春说："你也该过去看看，你也是医生啊，搁给谁都要急死。"桂春说："有艾大夫大家都放心，我水平又不如艾大夫，看见那样心里难受，不过去。"报春说："那你啥时回来，回来过我这里来，把情况详细给我说说。"桂春说声"好"，就挂了电话。

桂春决定在南庄待几天，看看动静。夜里连红家的亲戚聚集了几十号人，庄里人劝不住，说千万不要再出人命了。一群人操着铁锹簇拥着连红娘往连红丈人家涌上来，能听见连红娘和连红姐姐的哭喊声。连红丈人家住在上边，也是早有准备。连红娘的哭叫声一直穿出二月消融的杏子河，人群到坡底下，站住了。

连红丈人家的大门口被两个农用三轮车堵住，车厢里站着连红的两个小舅子。他们每人手里操一把铁锹，连红丈人在院子里叫嚷："又不是我给灌进去的，他自己喝的，怪我什么？"车厢上的两个儿子也是红了眼，叫嚷道："不怕死的先上来，来一个你家就要死第二个了。"没有人再往前走，连红娘牛一样叫一声，挣脱身边的人往前扑。人软软的，脚下一羁绊，扑倒在地，被身边的人扶回去，嘴里叫着："我和你们拼了！"

僵持了半天，下面的人上不去，上面的人不下来。最后，选择了报警。不一会儿，高桥镇派出所的警车鸣叫着开进杏子河，带走了连红丈人和连红哥哥。人们期待的心还悬着，他俩连夜又被派出所送回来了。派出所认定连红是自杀，连红丈人一家人也连夜跑出杏子河躲避去了。

连红的丧事匆匆忙忙，也很潦草，一切都不能按正常的来。尸体不能进庄，在庄外的山上打了坟，按日期直接埋。院子里洁白的岁数纸，稀稀拉拉在风中飘荡。连红和关春同岁，过年虚岁才四十二。丧事的宴席上，没有人愿意动一下手中的筷子，大家心情沉痛。最先是秋女忍不住哭起来，惹得大家都一顿哭。桂春也是呜咽，又不好掉下眼泪，回到窑里握住连红娘的手，手是冰冷冰冷的。连红娘见是桂春，眼皮稍微抬了一下，嘴角也动了一下，问桂春："你是大夫，你看我还有多久能见你连红兄弟？"

人们现在回想起来，连红年前就有了寻短见的兆头。他勤快地修剪了自家的果树，清扫了房子。家里只有他一人，婆姨年前就出去了，闹得不行。大年三十那晚，连红和庄里最好的朋友喝了酒。回想起他的人说："连红一句话都不说，不动声色地喝酒，大年初一以后再没出门。"电视机上放着欠别人的钱，加起来两千块，留下一个儿子一个女儿。儿媳妇挺着大肚子，女儿在外地上学。连红家里开了家庭会议，由连红哥哥负责儿子的事，女儿就交给了连红姐姐。

连红婆姨年前就和妹妹去了外地，连红好说歹说，就是不回来。常年的不和睦让连红丧失了信心，清官难断家务事，就像被围攻时候连红丈人说的那样："又不是我给灌进去的，我生了女子没生女子的心，她不愿意过有她的理由。我袒护她是因为她是我的女子，换了谁不是这样？"

桂春想起自己和章良的婚姻，和连红两口子有什么区别。连红婆姨那么俊，当初都说和连红般配，比关春强。可两人就是尿不到一个壶里，有了孩子也是这样。

桂春现在感到形影相吊，在南庄待了几天，回去也懒得开门。诊所就快拆迁了，以后怎么办？章良和自己两张皮，谁也不管谁。报春说："你到店里来站柜台。"桂春说："那你干什么？"报春说："我想休息一段时间，累了。"桂春说："都才是四十出头的人，怎么一下就疲软了？"报春说："庄里接连出事，想起就觉得人活着没意思。"桂春说："你是功成名就了，多少人还都在为嘴奔忙呢。"

报春说："一人一个命，人和人没法比。这安澜街上，听说很多人的家属都移民北美了。"桂春说："你和他们比，他们是谁？要移民，就看两个进了公家门的外甥，将来有没有机会和他们一样移民。老百姓啊，做梦去。"报春说："我就是举例，让我出去我都懒得出去，我就觉得安澜街好。一把骨头最后扔到外国去，孤魂野鬼，想回都回不来。"

报春姊妹因为连红的死，聚在一起说了很多话。姊妹几个好长时间都没说过这么多话，没显得这么亲。报春感叹道："说到底，还是为生活。生活不好才吵，穷吵穷吵，越吵越穷。生活不好，人活着就难受。男人的腰板挺不起来，女人脸上没气色。时间久了，矛盾就会出来。钱太多也不好，多了到处瞎投资，最后哪个有好下场。"

关春说："大姐真是老了，哪像我，还是活在眼下，想着四朵金花的学习、工作。以后的事，想也不敢想。"桂春说："各人有各人的愁肠，我一个人看起来也不愁，可是心里啊，我知道自己这辈子什么也没有。"报春拦住说："要不，你去林业站，在那里开个诊所，那里也是一个镇子嘛。"

桂春说："做梦啊，我就在城里待着吧，哪里也不想去。再说那里只是一个小镇，轮得上我开诊所？"报春便微微叹息一声："说到底，现在就数老二活得不好，身边没个男人能依靠。"关春说："二姐我问你，你别恼，姐夫有没有人？"桂春冷笑道："这你得问他去。"关春又问："那你？"桂春咯咯笑出来："原来你是在这里等我啊？我说有没有，你信哪个？"关春说："你说啥我都信。"桂春收住笑，一本正经地对关春说："有！"

桂春想给关春说自己有洁癖，但是关春听不懂，也不会信。在关春的概念里，女人必须有一个暖被窝的男人，必须依赖一个男人才是女人。报春听出桂春的揶揄，只是关春不懂罢了。

报春倒是希望桂春真有个男人疼着，不要过得那么苦。桂春的邻居顺意一直对桂春好，有时没事来诊所转转，不是这里不舒服就那里不舒服。桂春知道顺意的心思，早早就拒绝了。这样耗了有几年了，顺意却一点都不死心，也过来给桂春发烟。独居的桂春早就染上了烟瘾，也只有一起吸烟的时候，顺意才觉得吞云吐雾的桂春是接纳自己的。桂春吐个烟圈，对顺意说："你可别让人知道我吸烟。"顺意说："没人不知道你吸烟。"桂春"哼"一声说："都长了狗鼻子。"

桂春无论如何也不想走出那一步，那样的名声不能摊在自己身上。自己就是个卑微女人，清清白白谈不上，起码不能跟自己的邻居有问题。那样太丢人了，以后还怎么开诊所？桂春经常会说："你死心吧，我不适合你。我不够好，达不到你的要求。"有一段时间，顺意外出做生意，好久没回来。桂春也就把他忘记了，也没再收到他的短信。应该是死心了，桂春反倒惆怅了几天。

在桂春的观念了，城里人讲究双职工。夫妻两个都上班，都有正式工作单位，不管挣多挣少，谁都不会抱怨谁，工薪族嘛。可是命运往往最爱捉弄人，偏偏自己是个赤脚医生。自费上过卫校，出来后在公立医院里干了几年，结婚后就自己单干了，说到底是个个体户。

桂春最大的委屈从结婚后就有了，为什么男人可以花天酒地，而自己只有囚徒一样守着诊所，这不公平。桂春知道在世人眼里丈夫有工资，自己是靠着丈夫。大家都会说桂春没工作，是个闲人，没职业。桂春不知道开诊所算不算职业，但没人会听你瞎扯。章良也这样想，只有两口子自己不说破，说破又有什么意义。

章良有时候说好周末回家，桂春早早收拾一番，做几个好菜，擀一点面，平时自己都是挂面和方便面换着吃。章良要回来，桂春也盼着诊所可以少来人，让自己有一个二人世界的周末。左等右等，章良就是不回来。打电话发短信问，催，到最后不接电话不回信息。后来的经验证明是喝大了，谁看手机要罚酒。

桂春的心燃烧起来又被丢进冰窖里，准备好的东西统统扫在地上，恨不得再踩上几脚。坐下来呜咽一会儿，憋得慌，就是哭不出来。章良有时候夜里回来，有时候第二天才回来。回来还是半醉状态，一口饭吃不下，脸色难看，还要干呕几次。桂春不理不睬，早就习惯了，也不骂。桂春自己做饭吃，很讲究地做，也不去叫章良起来。吃饱喝足了，点上一支香烟，心里也不憋屈了。坐在二楼吞云吐雾，看到有人来买药，才拧灭下来。

现实就是这样，桂春无奈中叹息几声。还是要回到诊所，当一个别人看得起又看不起的大夫。

现在的桂春爱上了聊天，来看病的人都喜欢和桂春聊天，桂春也不拒绝。别人要留电话号码就让留，人家一口一个大夫叫着，桂春也很受用，也是面子问题。再说也没必要把所有男人都想成一个德行，有一些人偶尔会撩逗一下，桂春一律不理不睬，这是最好的办法。一般人桂春看不上，章良对此深信不疑。

桂春还是没想到，一个比自己小一轮的小伙子开始追求自己了。小伙子是卫生局的干事，大家都叫他小马。小马是桂春去送诊所年检的时候认识的，桂春没想到他会对自己有意。刚三十岁男人的那股子热情劲，桂春年轻的时候都没遇见过。经不住几番交流，桂春感觉自己已经一溃千里，无法抵挡了。好在桂春理性地认识到年龄和家庭，以及小马的前途。还有，小马怀着身孕的老婆。于是桂春狠心不再联系，可是夜里还是忍不住会看手机。小马的短信有节奏地发，伴随着桂春的心跳。

小马不提无理要求，也不要求见面，就是表达对桂春的爱慕。也诉说家里的情况，老婆怀孕了，脾气大，有点闲暇就想和桂春聊天。桂春理解那是男人的苦闷期。隔着手机屏幕，小马的火辣灼痛了桂春。桂春惊叹之余，还是理性占了上风，在桂春看来这是要命的代价啊。问题其实已经很严重了，桂春一旦走出第一步，以后恐怕就由不得自己了。虽然还没有发生实质性的事情，但在桂春看来比发生实质性的问题还要严重，还要让人害怕。

这或许就是精神出轨吧，桂春忍着不敢和任何人说，内心其实很想找个人倾诉一下。可是倾诉什么呢？说自己啥都没干，鬼都不信。说自己干了啥，可是又没具体干啥。一个月的交流让桂春一下子胖了二十多斤，激素的力量。上次关春问起自己的感情问题，桂春当时带点赌气那样回答了关春，现在竟真的遇上了。

最想和报春说一下，对桂春和关春来说，大姐报春其实就是她们的母亲。可是这样的事说给大姐，桂春羞愧，觉得那是在给家人丢人，是伤风败俗。

桂春突然感觉作为一个四十出头的女人，自己变得很肮脏。再往前一步会是什么状况，桂春如芒在背。小马的信息有节奏地发来，桂春感觉六神无主。回不回短信，都证明着自己在背叛自己的想法。

章良有没有发现，发现啥了就说是病人，一个神经有点问题的男病人。隔壁顺意家的那个女人，经常到移动公司调取顺意的通话记录，导致两口子经常闹事。桂春担心章良也会这样做，至于自己，绝对不会去干这样的事情。桂春心慌意乱，感觉到处都是章良的眼睛，四处都是公公婆婆的眼睛，一时间寝食难安。

等儿子高考完，桂春也想和过去有个了结，和章良有个了结。虽然这个儿子是大伯子家名义上过继来的，实际上一直和自己没啥关系。但是有这个情面，起码等他上了大学，"完璧归赵"后再谈自己的事。

小马的攻势加强了，要来诊所看桂春。桂春终究还是招架不住，答应让他来。只是告诫小马，来了让人误会怎么办？小马回复说："你就把我当成病人，给我输点葡萄糖，谁会知道。"桂春说："话虽这么说，可是我没办法当你是病人，你来了我会乱了阵脚。"答应后桂春又后悔了，是不是一步步在往深渊里走？

婆婆过来给孙子缝新被褥，孩子要去安澜医学院上学，圆了桂春的大学梦。只是孩子终究不是自己身上掉下来的肉，桂春看出婆婆脸上喜气洋洋，一下子觉得羞耻万分。桂春赶紧给小马回电话，让他不要来。小马说："我都快到了。"桂春哀怨一句："这让我怎么办啊？"

婆婆在隔壁炕上坐着，针尖时不时往花白的头发里蹭一下。桂春说："可别把头皮蹭破了。"婆婆笑道："这也是经验，针头越蹭越尖，头皮倒是蹭不破。"桂春心里惴惴不安，眼睛一直往大门看。小马已经进来了，一副若无其事的样子。

桂春心里懊悔不已，这算什么事，欺瞒着眼前的老人。桂春心里恨不得抽自己两个嘴巴。小马到了，欲盖弥彰地说要输液，感冒几天了。

桂春脸上没好气，男人最容易得寸进尺，来了还大呼小叫，明明看见婆婆在炕上，还假装若无其事。桂春第一次背叛了自己，感到了羞愧。难道这就是见不得人的事，自己这个心理素质，早晚不败露才怪。桂春看着血气方刚的小马，无奈地摇摇头。给小马配了一瓶葡萄糖，然后进药房去了。小马竟然提着药瓶尾随进来，桂春脖子都红了，呵斥一句："你不要命了，出去！"

诊所来的都是附近的熟人，桂春生怕被别人看出来。尽量和别人拉家常，冷落小马。发短信给小马，自己出去方便一下，别生事。桂春到院外猛吸几口烟，心里才安定下来。掐一把自己的胳膊，然后回到诊所。

小马见桂春没心情，一点都不像手机聊天时候的兴致，也讪讪的。突然接了一个电话，说有急事，明天再来输。桂春站起来，三步并作两步走到小马跟前，什么也没说，就把针头拔了。小马也不说话，起身就走了。附近给孩子输液的女人问桂春："这人怎么怪怪的。"眼神里满是疑惑，桂春说："我也不知道。"人家又说："也不像是咱附近的人。"桂春脸一下子红了，说："可能是过路人吧。"人家又问："过路人？钱也不给就走了？"桂春紧张地说："他说了明天来。"

桂春生怕婆婆听到什么，做贼心虚，感到人家已经意识到了什么。桂春一下子恨死了自己,再没说一句话,躲到药房去了。桂春懊悔自己做了一件荒唐的事,就把他当一个正常的病人,可是心里过不去。

今天也是把小马伤了,火辣辣的感觉瞬间都浇灭了。桂春明白这种事不能开口子的道理了,一旦开了口子,不伤心才怪。小马走后一段时间再没发短信,桂春不知道这算不算终结。以后怎么见面,虽然去卫生局办事并不多,诊所也快拆除了,可是不多也要去。

开学了,儿子如愿去了大学,一切又风平浪静。

桂春等不来小马的消息,还是主动给小马去了短信,表示了歉意。小马立即回了短信,还和过去一样炽热。桂春的眼泪一下子下来了,看出小马喝酒了,甚至带一点胡说八道。

小马的胡说八道,导致桂春脸都红了。小马执意要来看桂春,桂春说:"好吧,我正好没烟抽了,给我带一包云烟吧,软包的,记住我不要硬包的。"在等待小马的时间里,桂春心神不宁,预感着要发生什么。这么多年来,桂春从来没敢想过这样的事。已经是夜里九点了,桂春感觉等了好久一样。听见大门外的敲门声,隔壁的狗叫个不停,像被从梦中惊醒一样宣泄着不满。

桂春有些害怕,小马还是来了,有些醉,意识分明是清楚的,进门就抱住了桂春。桂春一下子软成了面条,嘴里却说:"你不要命了?"桂春关了灯,狗还在不依不饶地叫。听见了顺意出来的咳嗽声，分明就是给自己信号。桂春一下子害怕了，好久没见顺意了，他什么时候回来的，这事要是让他知道，还了得？

桂春拼命往开推小马，觉得自己在犯罪。男人的力气，桂春只有徒劳地用力。力气越来越小，桂春被压在沙发上，稀里糊涂，不敢吭一声。嘴里开始还说："我让你来，就是想和你好好谈谈，咱不能这样下去。你醉着还是醒着，你快告诉我。"到最后，桂春懒得再问，生怕顺意来敲门，咳嗽声不断传过来。

桂春在沙发一侧的贵人榻上把自己交给了小马，一点都没觉得沙发有多窄多不够用。桂春只是在最后时刻才发出一声不管不顾的叫声，叫声短促而憋屈，让桂春欢愉的同时又加重了压抑。

桂春不知道小马究竟清醒还是糊涂，总之就这样了。结婚以后桂春觉得自己就封闭了，内心和身体都筑起了坚不可摧的万里长城。这长城什么时候倒，那要看历史情况了。桂春因此而极度安心，所以她从来不怕顺意的骚扰，不怕任何男人的撩拨。

直到遇见小马，好像他率领着千军万马一样，攻破长城，长驱直入，让桂春一点防范都来不及就沦陷了。桂春仰躺在沙发上，身体完全打开来，"万里长城"没有了历史的价值，成了摆设。细密的汗珠轻轻地弥漫过身体，一股风吹进来，桂春感觉今天才真正意义上做了一回女人。

狗叫声被顺意呵斥住了，顺意的声音一直在响起，就没有停止过。桂春打开灯，往隔壁探头照了一下，顺意分明看到自己了，却假装回去了。桂春心都要蹦出来，听见顺意骑着摩托车出去了。桂春心里才稍稍放下来，催促小马快点走。桂春说："你别回头，赶紧往路上走，碰见出租车快回去。"小马的酒劲散去了，听话地走出诊所。路上黑漆漆的，短信响了，桂春又发来注意安全，早些回。

小马反倒不着急了，郊区的公路上走了几分钟，身体放松下来。前面停一辆电动车，问小马去哪里，可以捎一段。小马有些冷，又担心家里的大肚子老婆，就上了电动车。然后给桂春发了短信：我坐电动车了，别担心。桂春心里直叫苦，这半夜了，哪里还有电动车，分明就是刚刚出去的顺意的摩托车啊。

桂春千算万算，还是黔驴技穷，恨不得打电话要小马赶紧下来。发了短信过去，让小马不要坐电动车了。小马回复，路上没有车，深夜了，不坐电动车怎么办？小马不明白桂春的意思，到家门口翻看桂春的短信，才知道闯了大祸。桂春的短信一遍遍重复：你害死我了！

桂春惊魂未定，一次次去蹲厕所，烟一支接一支地抽。抓着自己的头发揪扯，一夜都没睡着。早上看手机，顺意发来的短信：我把你朋友送家里了，放心。桂春炸了，打电话问："你想怎样？"顺意说："他怎样，我就怎样。"顺意还说："你就是一块石头，也该被我焐热了吧？"

桂春最近心虚，老想呕，周围的人还是心怀叵测，打趣桂春：

"不会怀上了吧？"不等桂春反应，人家又说，掩耳盗铃地说："不说你，没说你。"桂春心里惊愕一下，是谁在背后乱说话。

小马断了消息，桂春心里不安稳，会不会被家里人发现了。忍不住还是给顺意回了消息：好，你让我想想。

桂春第一次被顺意带到安澜街的包厢唱歌，就被气氛感染了。怪不得那些女人们都要唱歌，鬼哭狼嚎一样，自己陶醉得不行。现在桂春懂了，人和人有啥区别，不过是谁把礼义廉耻看得重一些，否则都是动物，甚至还不如动物呢。桂春这时候把自己当作了医生，虽然只是个卫校自费水平，但这时候，桂春不再从人性的角度看人，而是要从动物的角度看人了。

于是桂春来了勇气，怕什么，不就是唱歌嘛。今天是白酒加啤酒，包厢里的小瓶啤酒，也不往杯子里倒，和电视上看到的一样，嘴对着吹，一口一瓶。桂春按捺不住内心的躁动，早就想把麦克风抢过来了，要是不抢，有的人攥住就不放了，自己也要厚脸皮当麦霸。

酒精刺激下的桂春换了个人，好长时间了，如鲠在喉。第一声唱出来，桂春都不知道那是自己的声音，委屈又嘶哑，还带着哭腔。别人是不是吓到了，不管那么多，既然都献丑了，又何必扭扭捏捏，只有大大方方才能展现真正的自己。

调整好状态，桂春郑重地点了一首《一剪梅》。桂春超乎自己想象地唱完了这首歌，在大家眼里和平时的桂春判若两人。大家吃惊桂春的演绎，唱到最后桂春哭得稀里哗啦。酒精真是好东西，桂春迷恋上了喝酒，喝酒的时候抽烟更凶了。桂春放浪形骸，一时间什么也不怕了。

四十出头的女人了，桂春终于尝到了世俗的好。要是章良知道了，还不知会怎么和自己闹。那个心眼比针尖还小的男人，他自己做什么都觉得理所当然，就是把女人管着啥都不能干。桂春想到这里，坚定了离婚的决心。这么多年，桂春觉得自己的人生字典里就没有离婚两个字。想起一次释放就有了这个离婚的念头，桂春又感到害怕，觉得自己也是有问题的，不能把责任全放在章良一个人身上。

桂春决定在安澜街的社区开诊所。现在的桂春感觉自己重新活了一回人，走路都有劲了。不管别人怎看，人一旦不要脸皮了，还有什么不敢的。看开了，想通了，才是活着的状态。当桂春把自己和顺意的事说给报春的时候，报春立马声色俱厉地质问："你疯了，你疯了？"桂春没想到报春的反应这么大，有些委屈地说："你要我守活寡吗？"

报春看看吃饭的顾客们，压低声音问桂春："你是真心的吗？你是作践自己呢！他有什么值得你这样，他老婆能饶过你？章良呢，也能饶过你？要么你就干干脆脆离了，这样算什么事，你以后还回杏子河不？"报春苦口婆心，第一次把南庄说成杏子河。报春还说："你这是外遇，你不信你试试，你有了外遇，你在谁面前能抬起头？"桂春见报春急了，比自己想的要严重得多。

桂春不敢向报春坦白一切，好在跟小马一次就断了，断得干干净净。小马好像连找自己的意思都没有了。桂春也没发信息，觉得小马原本就是过客，要是把这事暴露出去，自己就真抬不起头了。诊所周围大概也没人真的知道，小马的事，顺意也是守口如瓶。桂春觉得顺意够意思，所以不久就答应他了，事后桂春还是后悔，用力蹬他，捶他，挠他，要他走。可是木已成舟，那点可怜的遮羞布被撕下，桂春再也不讨厌别人说自己是社会上的人了。桂春活脱脱出壳的小鸡仔，感觉世界的一切都是新的，自己应该重新活一回。

桂春太天真，这是报春给关春说的。关春说："我二姐心高气傲，现在死死的一根筋，要是姐夫知道了，问题不是打架闹事，姐夫那心眼。"报春忍不住也给前来给自己送小吃的小环说了。小环一听，吐吐舌头。报春说："该怎么办，你主意从来比我多。"小环说："个人感情问题，别人有啥办法，就等有机会自己凉下来才好。"报春说："你等于没说。"小环说："哪个男人不是小心眼，好在姐夫不在跟前。最后，别人都知道了，也传不到姐夫耳朵里。谁敢给他说呢，除非撞到当面。"小环还说："别人还没说，咱们自己先说起来了。"报春说："她自己都公开了，我们不是着急想办法嘛。"

桂春细想报春的话，觉得自己确实荒唐，一步走错步步错。

现在看来这话不假，怎么能倒回去？桂春一筹莫展了。顺意婆姨来闹事了，好像知道以后几秒钟就过来了。没有不透风的墙，这墙就一堵，很薄。风言风语在诊所周围早就传开了，女人之间更是这样。

顺意婆姨最厉害的手段用在了诊所，打砸一气，骂一气，谁也劝说不开。顺意早跑得不知去向。桂春突然恨得咬牙切齿，天底下的男人，终究都是这样。气完，桂春反倒笑了。公公婆婆一个人都没来，桂春等待的时候感到不安。不几天，章良回来了，没事人一样。桂春想让他说句话，最后章良只冷冷地丢下一句："离婚！"章良的平静让桂春羞愧，连看一眼章良的勇气都没有。倒是顺意家里乱了，不过几天后，顺意还是乖乖回来了，给自己的婆姨下跪了。桂春得知后气得想吐血，到头来，自己就这样的命。

诊所还得开，来瞧病的，生怕桂春生气。桂春冷冷的，淡淡的，不痛不痒地看病。有时候会坐在院子里抽烟，一支接一支，烟雾腾腾，炊烟一样在院子里飘散开来。能听见顺意婆姨趾高气扬的辱骂声，桂春也无所谓了。

报春怕桂春吃亏，和关春过来几回。见桂春脸上被顺意婆姨挠出几道，又是抱怨又是气，要找顺意婆姨算账。桂春说："都过去了。"把过去两字说得轻描淡写。报春心疼得直流眼泪，说："你傻啊，怎么这么傻，你把男人都当啥了。"

　　桂春关了诊所，这原本就是章良家的，也快拆迁了，第一时间要回杏子河。报春知道这事不会传到杏子河去，让桂春回去散散心也好，以后的事以后再说。桂春平静了不少，反倒有点脱胎换骨，感觉自己多少年来背负的东西，在一次撕心裂肺地丢人之后，瞬间云开雾散了。

　　桂春每一次情感经历都异常后悔，发誓不和同一个人有第二次身体接触，仅仅一次就让她恶心自己了。桂春觉得自己的身体洗不干净了，就连灵魂，这个看不见摸不着的东西，也没机会洗了。

　　桂春回杏子河前，一个人喝得大醉，一个人去包厢里唱歌。一直唱到凌晨，渐渐没了激情。街道上环卫工人已经开始清扫落叶了，沙沙的声音虫子一样挠着桂春的心房，让她忍不住一阵难受。酒精开始起作用了，漫流在浑身的每一条血管，浩浩汤汤，无拘无束，不知要流向哪里。桂春感觉脚底板变得更加冰凉。

　　昨夜的酒精还在胃里翻滚，像个撒泼的孩子，包厢里横七竖八地躺着啤酒瓶。桂春突然坐不住，更没睡意，她想回家了，那个最后滞留的家。她想回去刷牙，洗个热水澡，喝一杯热热的牛奶，还要打开诊所的门，对着空荡荡的院子说一声："早上好！"

　　这是桂春对城里生活最后的设想，就像流星一样在清早的空气中，在桂春的胃里，翻江倒海之后，消散下去。南庄，杏子河，桂春恨不得插翅而去。

回去寄居姨妈张凤兰家，帮她种苹果，就算是"劳改"。自己原本就是个农民，只是一直不愿意面对罢了。

皮箱里除了生活用品，带了一些书。医学的，文学的，历史的。桂春觉得，有这些书在，回去就安心了。

见证新时代
南庄人的幸福生活

第
三
章

关春整理了家里的存款，一笔笔开列出来，主要是供养四朵金花上学。余钱，要给她们每人预买一套房子。丈夫来望凭借自己的苦水挣钱，不折腾，收入倒也稳定。一旦折腾了，起起落落的，来望不喜欢那样的生活。他是粉刷工，除了工地就是家里，再没有他去的地方。

虽然大家认为女儿早晚要出嫁，养大了就好了，可是关春不这么看，主要原因是自己没养儿子。四朵金花就是自己的儿子，女儿优秀了，谁想娶她们，也要看看自己的实力。

关春将来望的收入一笔笔拿回来，自己舍不得花一分钱。一肚子掼出来四个女儿，也是够呛。生下四朵金花后，来望高兴了一阵子，心里就有了压力。虽然他不知道穷养儿富养女这些扯淡说法，不过却对四朵金花的疼爱胜过了自己的老婆。关春教训起她们来，也是一只母夜叉，来望总是拦着护着。关春说："吃穿上疼，给好心不能给好脸。"来望就说："又不是小狗，她们能不懂事吗？"

以前，报春经常打电话给关春，说自己出不来，要关春把四朵金花带过来吃面。那时候四个姑娘正上高中，还没有出去天南海北上大学。女大十八变，报春没有女儿，却爱女儿，常要四朵金花过来。她们从不过来，不是关春带过来，自己是不来的。她们扑闪着大眼睛，矜持地抿着嘴，低着头，那种羞涩倒让报春想起她们自己年轻的时候。

报春知道她们都爱学习，她相信爱学习的孩子都不爱说话，特别是女孩子。她们对报春，就是问候一句没了下文。吃了香菇面，报春要关春留下说话，嘴上是商量，其实没商量的余地。报春和关春都没念过几天书，所以觉得和桂春不是一个层次，倒是她们两个能说得来。现在四朵金花都出去上大学了，没有一个在城里，即使外面的大学不如城里，但是都出去了。关春一下子感觉空虚起来，惦记她们的一切。每个人的例假时间，都要给安顿，心里都有一本账。有时候，孩子们忙了也不听她的，关春忍不住叹息："女大不由娘啊。"

南庄比关春大一点的，城里比关春大一点的姊妹们，她们的女儿都大了。出嫁的，参加工作的，出国留学的，只有关春的四个女子还在大学。关春不着急其他事，就是担心她们出来就业的事。现在就业是越来越难，有些人托了关系，孩子们都进了好单位。没就业的也积攒了好几年，听说城里的单位也要按国家政策统一考试了。

上大学要考试，出来为工作还要考试，甚至比考大学还要难十倍。看着报春的两个儿子都悄无声息地工作了，关春就更着急了。赶不上好时候，女儿们毕业后怎么办？报春说："你就是着急的毛病，提前给自己找罪受。"关春听见报春这样批评自己，直接回敬一句："你是站着说话不腰疼，你的儿子工作了，哪里知道别人的心情。"

关春期待四朵金花未来的时候，觉得自己该出去找个活儿干了。找了一段时间，自己就泄气了。来望安顿她待在家就行。关春说："刚过四十，再不出去就真成老妈子了。你看看，女人待下来就容易老。以前在家照顾她们四个，现在完全无所事事。"每天来望走后，关春出来逛街，逛着逛着就来到了春来早。报春说："我早就说，来我这里帮我。我站了二十几年吧台，实在该透透气，喘喘气了。再不出去见太阳，就霉了，你来帮我吧。"关春犹豫了一会儿，报春说："你是给我打工，我给你发工资，其他事和你无关。"关春就应下来。

春来早的生意搬迁后有了起色，偏偏茶楼就出了状况，出状况比预料得来得早。开元计划两年就收场，才一年，报应就来了。报春至今都没去过茶楼看一眼，茶楼就垮塌了。报春知道事情闹大了，公安局突击抓了一些赌博大的人，直接就把看场的宝瓶逮进去了。

开元四处活动也没办法，以前认识的人都翻脸变卦，开元有些气急败坏。小环哭着找到报春，报春冷冷的，像不认识小环。小环说："大姐，都怪我们，都怪我们没听你的话啊。"报春说："收钱的时候想到我了吗？"小环委屈后又羞愧。报春说："既然都进去了，现在还能怎样。"给开元打电话，开元也没好气。报春说："宝瓶就是你的替罪羊了？"开元说："我给他们的好处，值得。茶楼就是按宝瓶的名义开的，现在出了状况，他也是事先下了决心的。只是，不知道会这么快。"

开元赔得身无分文，但结识了一些有头有脸的人，就是不甘心回春来早。好在并没有祸及春来早，报春倒是心软了，问要不要从家里拿点。开元也不听，就挂了电话。报春想再拨过去，犹豫一下说："折腾吧，折腾吧，不见棺材不掉泪。"

小环回到了春来早，比过去更勤快，和关春处得也好，她俩成了报春的左膀右臂。小环还是要照着酸菜面的经营理念做，除了香菇面，还在门口立起了烤肉炉子，配齐了七八样小菜，平时店里空出来的位置，一下子就坐满了人。

春来早不再坚持只做一碗面，人气空前好起来。顾客们可以休闲地坐下来吃烤肉，喝啤酒了。小环说："只要不嫌麻烦，就有办法，没人会在面馆喝醉，最多小吃小喝。"报春采纳了小环的意见，自己还是负责香菇面的事，其他外围的事情，就由小环打理。

小环再也不好高骛远了，开茶楼期间买了一套房子。宝瓶进去了，小环也没心思经营出租车了，就把两台出租车一起转让了，又买了一套房子。于是，小环心安了，只是心疼宝瓶。小环探视宝瓶的时候，把情况说了。小环说："两个儿子的房子都有了。"宝瓶说："做得对。"小环觉得老百姓就这命，房子就是用命换来的。小环现在提起就后怕，还是本分好，折腾到最后哪个有好结果。经历了一场事故，小环回到了原点。春来早的生意好起来，小环心眼多，里里外外都是报春的好帮手。

三个人经常提起桂春，为桂春遗憾难过。一只皮箱就装了桂春的全部家当，独自一人回到了杏子河上。从小桂春就和一般的姑娘不一样，细细碎碎的事情，都能被桂春看得像一朵花。桂春不是那种功利的人，偏偏到最后还是这样的结果。报春忍不住会给桂春打电话，电话基本打不通。桂春知道没什么事，所以一般也不接电话，也不回电话。报春打不通，偏偏要接二连三地打过去，桂春偶尔也会给报春回一下，没几句就挂断了。

报春本想让桂春发几句牢骚，可是桂春一点那个意思都没有。

报春问："你就打算这样了，没考虑复婚？"桂春说："你还能不能说点别的？"报春叹口气，自己也不知道说什么好。关春和小环也会和桂春说上两句，因为比桂春小，不能和报春那样抱怨。小环说："二姐，你回来吧。"桂春说："我在杏子河才是回来了，回城里算什么？"小环说："城里的机会比杏子河多。"桂春说："以前我也觉得城里的机会多，现在不觉得了。我比过去活得好，你们就放心，放心吧，啊。"桂春知道小环的性情，从不给人安坏心，心直口快，所以不将小环的军。

桂春说的是心里话，对于别人来说回到杏子河是倒退，让人笑话，何况嫁出去的老姑娘了。以前桂春就是怕别人说三道四，现在的桂春才明白，自己活好了，别人不会说什么。自己眉头紧锁，别人看着就不舒服。桂春豁然开朗，甚至这么多年来，自己没生没养，章良也没来过杏子河。杏子河上的人都没把自己当大人，还把她当个孩子。因为在他们看来，没生养过的女人，就是个孩子。

桂春带着感激的心情住到了杏子河上，没有比娘家的人更能宽容自己的了。桂春不再执拗，过去的纠结，就像垃圾一样被倒掉了。只有杏子河涓涓的流淌，让桂春一下子回到了童年。桂春觉得，现在就是最幸福的童年时光。桂春甚至想起一句话，那个外国人说的那句话："人，应该诗意地栖居在大地上。"大地就是杏子河，自己现在，就是诗意的栖居。

表姐秋女的儿媳要生了，提前破了羊水，来不及去高桥镇的卫生院。桂春自告奋勇给接生了，是个俊俏的女孩。桂春大汗淋漓，比自己生孩子还要用力，袖口擦一把汗，开心地掂了一下说："足够七斤吧。"秋女跑前跑后，激动地说："没想到你还会接生啊？"桂春说："不要忘了，我是医生嘛。"秋女不好意思地说："我不是那个意思，就是看你文文弱弱的，怕让你受累。"桂春一边洗手一边说："我哪里就那么娇贵了。"

从这次给秋女儿媳接生以后，桂春觉得自己真正意义上融入了杏子河。杏子河上的人对桂春也是刮目相看了，他们最先觉得桂春回来会与这个娘家格格不入，谁知她竟然是这么个让人暖心的人。桂春从杏子河上人们的眼神里，看出了他们对自己的接纳。现在，桂春越来越认为自己决定回杏子河没有错，比待在城里要好。不去想小环她们所说的城里的机会，都四十多岁了，要什么机会。只要能有一点收入，能活下来，就是最好的结果了。

桂春并不觉得这是得过且过，是苟且。经历了落寞的家庭生活，以及让自己羞耻的感情生活后，桂春懂了自己要什么，不要什么。眼前就是一条路，原来没有方向感，老是转弯，不知道哪里是一马平川。现在，在杏子河上落户的桂春，看到了眼前笔直的道路，任由自己策马奔腾了。

安顿下来，桂春还是去拜访了南庄的医生艾名臣。杏子河上的人家，老老小小，艾名臣都给看过病。哪个人有哪些问题，艾名臣都知道。这么多年来，杏子河上的人养活了艾名臣，这是他常说的话。和桂春比起来，艾名臣才是真正的科班出身。

早些年，他在医学院上学，是高才生。毕业后，艾名臣在城里的医院工作。后来人们都知道，他看上了一个护士，人家没同意。他实在想不通，就自寻短见。好在医院条件好，及时把他给救活了。活过来后，他就回到了杏子河。方圆几十里的人都仰慕他的医术，一般的病，都是来他这里看，所以他常说，是杏子河养育了他。他说这话没有一点诗意，而是实实在在的大实话。

生活让一个执拗的人变得豁然，懂事。他因为生活本身的教育而钻出牛角尖，踏破死胡同。现在，他的子女们都在外面，只有他自己留在村里，当着卫生室的大夫。自从回到杏子河上，就没出去过。前些年高桥镇的卫生院要聘用他，商量了几次，他都没去。越老越不想动了，就是死，也死在杏子河上吧。

桂春见到了艾名臣，陡然感觉自己和艾名臣就是一个经历。艾名臣说："你回来接我的班吧，我早就哮喘，你看我还能活几天。"桂春听后吃惊地摆摆手，艾名臣说："咱都是自家人，我看着你长大。有些人不回来，那是条件不允许，他们不可能丢下手中的工作回来当村医。"桂春自己感到惭愧，难道自己回来是图这个？她也知道，艾名臣绝对不是这个意思，杏子河上的人也不会是这个意思。无论如何，艾名臣之后，桂春是最合适的人选，这也是大家后来集体讨论做出的决定。桂春一下子不知如何是好，即使回来也没这样的意思，但不管怎么解释，总说不过去。只是看艾名臣的状态，哮喘的确折磨得他苦不堪言了。

桂春还是坦然答应下来，不想扭捏了。艾名臣如释重负，哮喘也好了些。他的意思是，压力小了，哮喘就会好些。桂春就这样接替了艾名臣，回来前，打算和姨妈张凤兰种苹果的意愿就落空了。秋女说："你怎么也不是种苹果的，你有什么错劳改自己呢？你回来当大夫，杏子河上的人才放心。"

身心都落到了杏子河上，桂春一再认为自己现在才是自己的，完全属于自己了。每天一早，桂春会沿着杏子河徘徊跑步。秋天的杏子河上飘着淡淡的果香，桂春觉得活着就够了。村医，或许才是自己最合适的归宿。以前一直想着要进公家的医院，但那不符合国家规定，自己是自费上的卫校。当年一起上的都回到自己的老家自立门户了，只有自己固执地坚持留在了城里，在城里开诊所。然而城里不是自己的地盘，章良不在家，自己一人在哪里也是形影相吊。现在离了婚，也不觉得什么。相反，现在才是真正意义上的回归。

桂春放下了架子，放下了脸面，那些东西都是一文不值的。回到杏子河上，桂春找到了自己。自己丢失好多年了，原来那个卑微的灵魂一直就在杏子河等待着自己，等待着皮囊回来的对接。

杏子河上的村庄要数南庄大、人多，其他村庄都是围着杏子河转，所以杏子河上就一个医务室，自然叫南庄医务室。桂春在这里游刃有余，心一下子热起来。医务室的隔壁还办起了阅览室，桂春把自己的书都捐出来。杏子河上的人说桂春回来后，杏子河活了。河水发出哗啦啦的流淌声，和过去一样，和过去人们不争先恐后进城那样，有生气。桂春觉得自己是蜕了一层皮，像个婴儿一样，回到了杏子河上，回到了母亲的怀抱。

杏子河上的人们大都去了城里，他们的梦想都要在城里买一套属于自己的房子。最近这些年，他们争先恐后都要离开杏子河，仿佛不去的话，就是没本事的人，让人笑话。去了城里的人，大都和关春的丈夫来望一样，从事工地上各种工种的工作，他们是城市的建设者。

只有秋女两口子没离开，总是在山地上种苹果，今年又花大价钱给苹果上了防雹网。秋女说离开地里就难受，找不见北。秋女性格好，性子慢，从来不发脾气。这几年，两口子种的苹果渐渐有了收成。秋女累得老了十岁，却觉得踏实，时常还接济号称在城里干工程的大弟弟秋山。

倒是秋山这几年越做越狼狈，越陷越深了。秋女劝说秋山回来种苹果，不几年就见效了，比干工程强。秋山的债务越来越大，杏子河上的人有了钱都给秋山放贷款。后来他们发现秋山只是嘴上说得好，实际情况很糟糕，秋山的问题就暴露了。秋山在城里干工程几乎就是个借口，没人再愿意相信他，都害怕出事，接二连三地和他要贷款。秋山没办法，也不敢回杏子河。了解秋山底细的，早把风放到了杏子河上。秋山就像杏子河的过街老鼠，人气几年就被谎言取代完了。

只有秋女愿意用自己的血汗钱帮助秋山。秋女和报春一样心连心，多少年来，秋女都没有忘记关公庙，父亲刘明山和姨父崔秀录当年一起打砸的模糊情景。所以和报春一样做事小心谨慎，从来都不敢折腾、不敢懈怠，生怕真有个报应。现在，秋山成了过街老鼠，一屁股债务。秋水十几年前拐跑了满德婆姨紫霞，这是多么让人抬不起头的事。是不是父亲的事情真的要遭报应，不用自己说，南庄的人肯定这样说，杏子河上的人也肯定这样说。看人们的眼神早就看出来了，所以，秋女尽其所能把种苹果的本领无私传授给杏子河上的人家。

秋山拿了秋女的钱，从来不给秋女算利息。秋女说："秋山啊，你看见不行了，就赶紧回来吧，别越陷越深。"秋山头也不抬说："会翻身的，只要弄来一个大工程就够本了。"秋女说："你啥时还我都不会和你要，我就是担心妈的身体。"秋山不说话了，拿上钱低头走出杏子河。秋女见没人在跟前，就对秋山说："秋山啊，你把头抬起来。"秋山不理会，秋女说："秋山！"语气加重了，"抬起来，你抬起来。"秋山心烦，又不能拒绝秋女，还是大声说："我知道。"就是不把头抬起来。秋女说："秋山，你男人家，低着头哪里有个出息，谁能瞧得起你？"秋山突然停下来，一口气送出一个"姐"字，然后哭泣着说："你能不能不管我，能不能？"

桂春现在和杏子河上的人们打成一片，过去的心态在杏子河上被感染了，融化了。桂春觉得自己四十多年来最幸福的时候，就是在走投无路的时候回来了。杏子河上的人们并没有嫌弃她，桂春现在想，那些在外面没办法的人，为什么不回来，非要头破血流走投无路才甘心。自己就是一个例子，现在的秋山，不也是这样吗？反倒是在杏子河上的秋女两口子，过得平稳殷实。桂春像个智者一样站在杏子河上思考着人们的命运，甚至还要讲一讲梭罗和他的《瓦尔登湖》。人往高处走，难道城里就是高处？杏子河一直向南流去，城里应该是低处。

桂春庆幸自己回来了，看到秋女两口子，就看到了希望。桂春真正看到杏子河上的变化，还是秋水的贸然回来。

九月时节，杏子河上的人们都在等待着苹果的收获。秋水有些不合时宜地回来了。

人们想起了十几年前的那个夜晚，意气风发的秋水带走了紫霞。当年紫霞嫁到南庄的时候，南庄的后生们前来闹洞房，一直闹到半夜都不愿意散去。从来没见过女人走路能让人如此动心，也正是紫霞走路的姿态，使得满德家在杏子河上成了是非地。人们不约而同地被吸引在满德家的院子里，他们眼睛都盯着紫霞的屁股，看她走路，吞口水。

紫霞像杏子河上人们自己家的菜地一样，总是肥腾腾地让人难以平静，连年龄大的男人们也津津乐道。开始得意扬扬的满德看出了问题，夜里从疼宠紫霞变成了发泄。紫霞感到了满德的变化，两口子开始不同床了。紫霞用被子裹紧自己，越发激起了满德的情绪。满德变得处处小心，监督紫霞的办法还是解决不了后生们前来串门的问题。倒是秋水最不起眼，最后带走紫霞的却是秋水。

杏子河上的人，谁不知道紫霞好客呢。即使十几年前穷得都那样了，来满德家打牌的后生们都会喝上紫霞泡的一水壶茉莉花茶。在紫霞眼里，杏子河上的人，主要是南庄的人，都是自己家的亲戚。她不嫌弃人。这是后生们经常挂在嘴边的话，这话彰显彼此的亲切度和友谊度。

满德的老子自然看到了危机，这些后生们，结婚的除外，没结婚的哪个不是虎视眈眈。只有满德自己毫无办法，夜里也劝过紫霞。紫霞开始还承诺，后来坚持不和满德一起睡，逐渐就成了习惯。满德的疑心更重了，揪出杏子河上的后生一个个质问，到底是和谁好？

紫霞有口难辩，索性不理，一句话都不说，急得满德开始打紫霞。满德看见自己的老子在人群里说："打倒的婆姨揉倒的面，啊……"他说到一定的时候忍不住成了诗人，感叹一句又说："我老婆，就是我打出来的嘛。"言语中流露出年轻时候的豪气。满德虽然反感他老子这样说，不过还是听到心里去了，打婆姨的本事也见长了。

杏子河上的人都说满德有个爱好，总是打完婆姨要和婆姨睡觉。满德太不懂婆姨了，婆姨是要哄。婆姨还在气头上，拳头的力量会加速一些东西，也会毁掉一些东西。一天，紫霞对满德说了一句话，虽然听起来含糊，但满德还是听出了一点信息。紫霞说："不是我不和你过，是你把我推出去的。"说这话的时候紫霞已经是两个孩子的妈。有一天，一个叫光阴的后生进了满德家的门，满德不在，是满德老子代替满德行使了男人的权利。

隔着窗户，能看见光阴坐在满德家的炕沿上喝水。满德老子就反锁了门，并且用放羊的嗓子吆喝了杏子河上的人。南庄的人大都聚齐了，其他村庄的人离得远一些，有好事的也陆陆续续往来赶，要看个热闹。他们其实也期待着紫霞的结局，这个婆姨太能诱惑人了。事实上，满德老子今天就是要给杏子河上的人们一个结果，到底是谁在勾引自己的儿媳妇，有个结论就会消除人们长久以来的好奇心。

人聚集得越来越多，满德也赶回来了。就要破门的时候，被他老子一把拉住。满德脸都红到了脖子，质问自己的老子："为什么要这样，里面究竟是谁？这种事，怎么能……这样大张旗鼓？"满德的质问从干脆到结巴，满德老子等满德平静下来，左右开弓打了满德的耳光。骂道："你给老子记住，给你戴绿帽子的人是你的干兄弟。你也要记住，你这婆姨，是老子我花血汗钱给你娶的！"

紫霞快要疯了，光阴和满德同年等岁的一起玩大，就是来喝口水。门都开着，窗帘也没拉，大白天的，跳到黄河也洗不清了。沉默最后代替了辩解，事态最终的平静是各方的妥协。不管怎么说，事情真是闹大了。紫霞从那以后就不再说话，每天起来梳洗打扮，有时候一天都在梳洗。门前也不再摆设打牌的座椅了，茉莉花茶也成了杏子河上人们的笑谈。

男人毕竟是男人，出了这样的事，回去被家长一顿训斥，笑话的仍然是不守妇道的女人。光阴出了这样的事，也不好待在杏子河上，没脸没皮，担上调戏自己嫂子的恶名。他逃出了杏子河，去煤矿当了矿工，一去之后再也没回来，以后就在煤矿扎根了。到了这时，仍然没人知道到底谁是紫霞的真正相好。表面情况一切正常，雷声之后还是下了一场猛烈的暴雨。

人们听见秋水的录音机里飘出流行歌曲："带走一盏渔火，让它温暖我的双眼……"这个昔日支书的儿子，一点也没像他父亲刘明山一样务实。歌声飘荡到满德家了，并且一刻不停地释放着不为人知的信号。一般人的磁带不会借给别人家那么久，可是秋水的磁带老会在紫霞的录音机里响起。

杏子河上能经常听流行歌曲的人家也只有秋水了，瘦死的骆驼比马大。刘明山当了那么多年的支书，也只有秋水才能有这个闲情逸致，可以游手好闲地在杏子河上徜徉自在。人们的猜测还在继续不能确定的时候，还打算再看一次笑话的时候，暴风雨带着秋水和紫霞跑了的消息在杏子河上的角落里，春风一样无处不在了。

南庄过去的事情桂春都知道，以后的事情在桂春嫁出去以后就像断线的风筝，怎么都接不上。桂春以前回杏子河，但并不熟悉庄里新娶的媳妇们。现在听说秋水要回来，桂春蓦地记起了这个表弟。他就和自己的名字一样深情，只是没有人相信最终带紫霞跑了的人竟然是秋水。

不说话的人深不可测，桂春担心秋水回来会有一场恶战。现在的情况，秋女两口子在杏子河上人气好，秋山也不再是满嘴跑火车，可以把任何人的腰包轻而易举地掏空那样了。如今的秋山没一点声誉，债务和遥不可及的工程让秋山成了秋后的蚂蚱，已经蹦跶不动了。

刘明山去世后，当年刘家在杏子河上踏一脚可以让杏子河停下来迟疑不前的时代一去不复返了。张凤兰在丈夫去世后连一点声息都没有，她彻底地低下了头。过去耀眼的银簪子早藏起来了，篦子篦过的整齐的头发早就凌乱不堪。谁还能记得他们昔日的辉煌呢？张凤兰有意让自己家落下来，甚至为秋山的债务从不敢和杏子河上的人说笑，她只有躲避的本能了。

秋水通过别人带回了这个信号，让沉寂的杏子河发出了轰然的响声，就像那年的洪水一样。人们进城买房前的杏子河上就是那样热闹，人们也因为秋水的信号有些欢天喜地。秋女急忙前来问消息，害怕张凤兰承受不住。没等满德家过来兴师问罪，张凤兰就释放出一个信号，等于是给秋水和满德家同时释放的。

在杏子河上沉寂的张凤兰俨然有了丈夫在世时候的锐气，俨然有了自己还是妇女主任时候的人缘。不管怎么说，是自己没把子弟教育好，做出这样丧尽天良的事情。满德的两个孩子已经长大了，一个在外面上大学，一个在上高中。人家的孩子十几年都没妈，换作谁都会可怜一下无辜的孩子们。再则，满德老子固然一辈子不讲理，但是在这件事情上，完全是自己没做好老人，秋水没做好子弟。

现在，秋水带着紫霞回来认祖归宗，张凤兰第一个站出来，态度坚决地表示反对。他们想得太轻了，太简单了，不受惩罚就想回来，没门！张凤兰准备好了擀面杖，十几年前准备抽打秋水的擀面杖，终于在手里磨砺成一把利剑。

张凤兰对秋山的着急和对秋水的愤怒，让她在即将见到秋水的时候泪流满面，只是没有发出一点委屈的哭泣声。现在，她想起了死去的丈夫。丈夫去世后，自己的家就开始衰败，说到底是自己这个做娘的没用，管不住自己的儿子。只有秋女一人既当女儿又当儿子的，秋女害怕，过来和桂春讨主意。秋女是最不爱生事的人，桂春心里更没底，只是搀着秋女的胳膊。

秋女抹一把眼泪，像个受惊的孩子，不敢预料将会发生什么事。倒是张凤兰显现出过去的威仪，说了句兵来将挡水来土掩。

张凤兰还说："有我在。"张凤兰的激昂更是让秋女禁不住热泪滚滚，现在家里这情况，债主们催逼秋山，秋水回来要是再有个三长两短，这个家可如何是好。秋女知道张凤兰最是坚强，但这一关怎么过？秋女像个煮熟的茄子，烂透在盘子里，一点都硬不起来。

张凤兰的擀面杖磨出了光泽，照耀在杏子河上人们的心里。南庄的人都知道要发生大事了，不等满德父子的情绪，张凤兰手里的擀面杖就要行使权力了。南庄的人都替秋水捏着一把汗，回来就没好日子。干吗要回来，出去都十几年了。传递信号的人说，现在就在高桥镇，风先放出来，以静制动。

满德父子自然不会领张凤兰的这个人情，你教育你儿子，谁知真假。你不教育，自有人替你教育。这么多年是找不见，现在送上门来了。满德父子本来关系一直处得紧张，得到信号后，他们自觉团结起来，在自家院子里郑重地摆好了磨刀石。

这块磨刀石过去用得着，整个杏子河上的人家都来磨镰刀，斧头，铡刀，已经形成一个长长的凹状。父子俩什么话也不说，默契地将磨刀石抬放到院子当中。锅里的热水奔腾起来，他们将烧开的水，一壶又一壶烫在沉寂多年的磨刀石上，就像过年杀生猪一样。这样几遍之后，父子俩依旧什么话都没说，彼此也不看对方。他们相信，即使是一头猪，这样的开水烫过几遍之后，毛也会应声落地，甚至不用上砂石都可以脱落了。

被开水浇灌冲洗后的磨刀石上散发出陈年的霉味，让前来凑热闹的人感到了父子俩胸中憋闷多年的怒火，就要升腾起来。这只是第一道程序，磨刀石被恭敬地擦拭干净，最后的水渍瞬间消失了，像雾气一样无影无踪。看起来不显眼了，只是干净得有些透明，像个新生儿一样呈现在人们的眼前。胆小的人只是远远地看着。从满德家的院子里，一股杀气正在南庄被渲染开来，一直飘散在杏子河上，弥漫着，让人感觉喝醉后找不见回家的路。

满德父子也不和来院子里的人打招呼，只是把香烟撕开几包，丢在院子里的搓衣石板上。那是招待的无言："尽管抽，来者有份。"他们不管别人的眼光，不管别人的态度。只有这样，才足以显示自己的忙碌。仓库里那些布满蜘蛛网的灰头土脸的斧头被请出来了，依旧先是用开水浇烫，一件件摆开来。原来自己的家当竟然这么多，只是没派上用场。每一件钝器，都在满德父子手里被把玩几下。然后，父子俩点上烟，轮流舒展自己的手臂，磨刀石发出沙沙的声响。偶尔会被卡一下，但也阻止不了父子俩的热情。

南庄和满德家有点亲戚关系的人先后都来了，有人忍不住发出几声问话，像是问自己一样。没有人直接和他们对话，满德父子只是在休息的时候把香烟给每个人递上，点上。手里有也不能拒绝，他们会用眼神质问你："必须点上，我们有，管够。"

院子里烟雾腾腾，人们开始拉起过去的事情，开始说秋水的肆无忌惮。人们普遍认为，秋水还是孬种，没有刘明山的遗传。有种为啥不直接回来，先要在高桥镇落脚打探虚实。满德父子深信，这些年来，秋水都没和家里任何人联系过，几乎是滴水不漏。从来没有人提起他们，提起来也是大摇其头。他们就像死了一样消息全无，这让最初憋着气的满德父子苦不堪言。要是有消息，起码可以千里追凶，可是石沉大海一样，让人没有施展本领的机会。

现在好了，敢回来，还算有种！满德父子一直沉默着，但能体会出他们气咻咻地感染着杏子河。钝器接连被磨出来，泡在水盆里。满德时不时会从水盆里提出一件，欣赏半天，脸上露出骄傲的神情。

院子里的烟火下去了，人们抽烟抽到咳咳的。杀气在渐渐散去的人群中有点犹豫下来。父子俩累坏了，头发都像被开水浇灌过一样。他们觉得，今天无论是自己，磨刀石，钝器，都一起被开水浇灌了一回。

秋女一直守着张凤兰，半步不离，生怕满德父子先来这里动手。桂春也是关了诊所的门，守在张凤兰身边。这么多年来，张凤兰最难受的不是害怕满德父子的谩骂羞辱，而是秋水的销声匿迹。无论如何，秋水也是自己身上掉下来的肉，说不见十几年就不见了。这还有没有一点良心，随谁了这是？随自己不会，随丈夫更不会。往事一起蜂拥而至，让张凤兰擦亮的擀面杖也成了面条。她突然连拿起的力气都没有了，重重地倒下来。心里呼唤着秋山，这时候，负债累累的大儿子秋山，成了阻止这场暴风雨的主要力量了。

秋女和桂春赶紧给烧炕，刚入秋的天气里，张凤兰整个人瑟瑟发抖，嘴里胡乱说着话。折腾了老半天，张凤兰渐渐恢复了神智，仿佛被遥控着一样自己坐起来，和刚才判若两人了。她起来梳洗了，穿得很精神，像郑重地迎接客人一样庄重而有礼节，只是谁也不知道她要干什么去。张凤兰说："冤有头债有主，我给满德家磕头去。"秋女的眼泪哗啦啦流下来，说："妈，我陪你磕。"张凤兰说："轮不到你，在家等我。"然后推开了桂春的手，一个人平静地走出了院子。

不远的路，被张凤兰走成了万里长征。不是不想快，而是快不了。不是害怕，都一把老骨头了。她能理解满德父子听到这个消息的愤恨，人心都是肉长的，将心比心，搁给谁都一样，再能忍的人也忍不了这个。理解满德父子的难受，让张凤兰鼓起了主动过去赔罪的勇气。

秋女被桂春扶着，瘫软得没一点力气，一把鼻涕一把泪。桂春也跟着哭，秋女叫道："妈，妈……"张凤兰就是不回头。秋女祈祷说："妈你别去，别去了。"张凤兰心疼女儿，可是脚步坚定地向满德家走去，她不需要退路。

这么多年都不敢踏进满德家的院子，总是绕着走。气势没了，理亏着，愧疚着，怎能好意思从人家家的附近过。现在，张凤兰倒想一下子飞到满德家的院子里。碰见的人都躲到一边去，有人想上去搀住她，但是都没那么做。他们知道她要去哪里，一个小脚老太太，走路却虎虎生风。这是要去给秋水赎罪了，以前秋水刚带走紫霞的时候，张凤兰这样做过，但是换不来任何的谅解，最后也就不了了之了。最初，紫霞是带着二儿子走的，不久主动回来了。满德还是原谅了她，只是回来的只有紫霞，秋水没有回来。

三五天之后，南庄的人似乎忘记了这事，没有人说三道四。谁不犯错，再说还年轻，年轻人做错事最容易被原谅，只要以后好好过日子，就是最好的。当时怀里抱着现在上高中的二儿子，还是个吃奶娃。出去后又回来，满德坚信紫霞痛改前非，于是放松了警惕。夜里紫霞说要出去上厕所，二儿子就推到了满德怀里。满德自顾和孩子玩，听见杏子河上摩托车的突突声渐渐远去。摩托车的声音消失后，满德起来找紫霞，周围的厕所找遍了，才明白紫霞坐上秋水的摩托车跑了。真正的仇恨正是从这一次开始的，紫霞把孩子送回来，硬着心彻底跑了。

第
四
章

　　张凤兰终于走到了满德家的院子。她站在院墙外，像个乞讨的人不知怎么进去才好。周围的人拉住了她，生怕满德父子和她拼命。张凤兰这趟走的，感觉一辈子的路都被今天走完了。她礼貌地拍拍搀扶她的人，脚上已经是软绵绵的了。不是害怕，是不知道怎么才能让满德父子心里舒服点，好受点。还不等她开口，满德看看自己的老子，是在征求他老子的意见，一边拾起地上的斧头。张凤兰见满德这样，反倒轻松起来，脚步一跨，就进了院子。嘴里说道："我替，我替我秋水，还债来了。"

　　满德握住斧柄的手开始颤抖了一下，他自己也没想到自己的手会颤抖。不争气的手，周围的人都看在眼里了。他也不知道自己的手为什么会颤抖，面对着这个多年前叫过婶子的人。她那时候的派头，在整个杏子河上，没有人不被她的派头感染过。她当年站在风里，能听见哗啦啦与众不同的响声，银簪子耀人眼目，在杏子河上荡漾开来。满德老子对张凤兰的到来明显感到了无奈，他既没有制止自己有些手足无措的儿子，也没有对张凤兰说出一句回答的话。而是嗫嚅着，欲言又止的。他又看看周围的人，还是摇摇头。像是对满德，又像对周围的人说，声音很轻："放下！"满德犹豫一下，有些委屈地看着自己的老子。满德老子把手里的烟卷掼在地上，提高了嗓门："你聋了？"满德面对清清爽爽的张凤兰，竟然一点脾气都没有了。他自我解嘲地笑笑，鼻子"吭吭"几声，莫名其妙地说出一句话："这算什么事。"

张凤兰是被秋女和桂春搀扶回去的。围观的人都散去了，天已经黑下来，只有本家的几个男人进了满德家。张凤兰回来后精神了许多，并不和秋女提起眼下的事，只是不停讲述刘明山当年在庄里的一些壮举。那时候，刘明山带着杏子河上的人们修梯田，打坝淤地，通电修路。曾为南庄一头走失的牛，差点掉进悬崖，硬是被一棵树给架住了。从集体到单干，能干的都干了，就差通自来水，后来他死了。只是连一句秋水的事都不提，说到最后竟然昏厥一样倒下来。

秋山是在深夜回来的，当时桂春正给张凤兰掐人中，检查身体。张凤兰受刺激过大，一口气说了那么多，气短无力，激动过头了。秋山回来号哭着，张凤兰微弱的声音对秋山说："家里，指靠你了。你不要哭。你的债务，不是现在能解决的。家里要出大事，你是老大，老大，啊……"

张凤兰说到这里，拳头砸在炕沿上。一阵剧烈的咳嗽过后，竟咳出了血。桂春慌了，要秋山去请艾名臣大夫。艾名臣喘息着，肺里呼噜呼噜，前来一把脉，有些难过，半天不说话。桂春想问，但也意识到了几分。看见艾名臣给自己点点头，桂春差点一声哭出来，到喉咙又咽回去了。秋女也不懂他们的意思，就问情况怎么样。艾名臣说："叫秋水回来吧。"

秋山决定亲自去高桥镇找秋水。有种你就回来，没种别这样臊人。秋女拉住了秋山，说他如果回来，满德家能饶过他？秋山说："一人做事一人当，妈都这样了，缩头乌龟一样待在镇上算什么东西。"昏厥的张凤兰嘴向一边扭着，不知道要说什么。秋女还要说什么，秋山说："姐你傻啊，妈都这样了。"秋女问："妈怎样了？"秋山说："你问桂春，问艾大叔！"秋女还没反应过来，艾名臣吃力地站起来，看看张凤兰的脸，叹息一声。也不要人扶，挎起药匣子往外走。谁也不要送，让陪着张凤兰。

杏子河沉寂下去又热闹起来，人们都期待着一个结局。现在看热闹的人少了，和刚开始酝酿的情绪互不相干了。有开明的人说，电视剧里那么多热闹不去看，为什么就喜欢看自己的笑话。

话是这么说，还是为满德家的遭遇叫屈，也为张凤兰的遭遇难过。还不知道要发生什么，都开始抱怨躲在高桥镇的秋水了。人们都认为，是男人就回来，千刀万剐也是你自己的事。你忍心十几年抛下自己的老娘吗？

骂声从南庄开始一直沿着杏子河流向高桥镇，秋水没想到事情会这样。秋山见到秋水后左右开弓打了几巴掌，打完才发现弟弟和自己一样，已经是中年人了。秋山气急败坏地看看紫霞，又看看还没认祖归宗的侄子。丢下一句："是人就赶紧回，老娘都快没命了。"

秋水天真地以为，只要自己不回去，僵持几天，满德家自会等不及而来镇上闹事。却不想是这个结果。满德家人沉住气在等，倒是秋水几次想回来，被紫霞拦住了。秋水左右为难，父亲刘明山去世的消息也是回到高桥镇才得知的。秋水懊悔万分，信号释放出去，就是见不上满德家的人。庄里发生了什么自己也不能及时得到消息，是秋山的几巴掌打醒了秋水。

秋山把秋水带回了杏子河，带回了南庄，能看见满德家的院子外黑压压的人群。秋水有些腿软，一点也没有哥哥秋山的士气。秋山说："先回家。"秋水说："他们过来怎么办？"秋山说："他们不会过来，等咱过去呢。"秋山看看秋水的局促，心里"唉"了一声，只是没说出来。兄弟俩还没到家里，就被人拦住了，是满德家的亲戚们。秋山说："好歹先让秋水见我妈一面。"

亲戚们面面相觑，最后还是让开一条路。这条路很窄，只能过一个人。轮到紫霞，路又没了。秋山说："行行好，完了一起过来。"路是让开了，但是几口唾沫射箭一样飞到了紫霞的身上，脸上差点也被唾上。紫霞一手抬起来又放下，招架是本能，但又不好意思真的招架。孩子是最后过去的，几个人虎视眈眈地盯着他。孩子吓得差点哭出来，拽着紫霞的胳膊。后面的人不再追来，而是相互点了烟。坝梁上冒起一阵阵烟雾，和满德家院子里的烟雾遥遥知会。

刚到院外，秋水就放开声叫妈。昏厥的张凤兰由桂春护理着，一时清醒一时糊涂。秋水进来，门口就跪下了，被周围的人扶起来。桂春向门口望一眼，说："秋水回来了。"张凤兰突然抓住桂春的胳膊，嘴唇向一边歪着，吃力地想说话。桂春不懂。秋女哭道："妈，你睁开眼看看，秋水回来了。"张凤兰一扭头，面向里面了。秋水明白了，跪着大哭起来。秋女又说："妈，是秋水，秋水啊，快二十年了，你做梦都想见的秋水啊。"张凤兰胳膊来了劲，捶了秋女两下，又向外做了一把推的姿势。

秋水明白了母亲的意思，站起来，抹了一把眼泪说："妈你放心，我去去就回来。"秋水说完，一个人往满德家的院子里走去。秋水四十出头，和离开时候已经是两个概念了，身上褪去了南庄同龄人的味道，走得大义凛然。后面的人紧紧跟着，秋女按住嘴不敢哭出来，秋山小跑着撵不上秋水。到了满德家院外，秋水也不看人群，而是直接往里走。

人群自动让出一条路，让得很宽展，都像躲瘟疫一样躲开了熟悉又陌生的秋水。满德家院子里的利器有些落寞地摆在地上，和呼吸急促的满德父子明显没有合拍的意思。秋水在院子里站下，一脸的平静。如果秋水稍微局促一下，也许会让满德父子好受一些，但是秋水没有。秋水也没有像人们想的那样跪在院子里，秋山追到的时候秋水就那样站着。满德父子一人抄起一件利器，像见了陌生人一样审视着秋水。他们似乎在验明身份，等确定以后，秋山已经站在了秋水的面前。秋山把秋水往后推了一把说："秋水造下的孽，也有我的份。"

满德父子显然也平静下来，冷笑几声，问秋山："有你几份？"秋山说："你们说。"满德父子再次加剧了冷笑，他们彼此对望一眼，同时说了一个字："命！"秋山腿抖了一下，一咬牙说："我纳！"满德老子被秋山的劲头激怒了，一脚踩在秋山的腿弯上。秋山没想到这一招，腿弯酸疼，向一边倒去。一手撑着地，又站了起来。秋水见秋山这样，一把拉过秋山说："哥，你别这样。"秋山转身，抽了秋水一巴掌。秋水捂住脸，鼻子一酸，还想拉秋山。秋山说："杀人不过头点地，既然你们说了，我来替他！"

秋山说完，眉头一皱闭上了眼睛。满德学着他老子，又把秋山踹了一脚。秋山一个踉跄，秋水扶起了秋山，往前一步护住了自己的哥哥。满德父子挥舞着利器，叫道："真是亲兄弟，找死还抢啊。"大门口被围住了，秋山兄弟俩像马戏团被欣赏的猴子。满德父子分别操着利器，围绕着秋山兄弟俩，目光既挑衅又平和，人们猜不透他们的心思。秋山知道这一劫躲不过去，围观的人们像遇见洪水一样忐忑不安，想看热闹又怕出人命。毕竟都是祖祖辈辈在杏子河上长大的，死去的，活着的，大都埋在了杏子河两岸的山梁上。现在的争斗，让他们在入秋的天气里，看着渐渐凉下去的杏子河，一点办法都没有。

满德父子迟迟不动手，秋山兄弟俩也不知所措。发威不能，告饶也无济于事。秋女开始央告满德父子，被秋山喝住了。满德父子说："秋山你能，你愿意受过也行，让我们砍你一只手。"秋女一听哇一声哭出来，仿佛秋山真被砍掉一只手似的。满德父子说："我们的人被你们拐出去，丢下两个孩子，一声不响回来了。现在要你们一只手，都心疼了？"秋女的哭声半道上打道回府，受冷一样抖动着。秋山说："好，我不报警，就是报警了，我也不会和你们找事。"满德父子说："砍了你的手，我们自然会蹲监狱。你放心，不管怎样，我们就是为出一口气。这口气憋了快二十年，肺都要炸了。"秋山说："我知道。"

秋水想要说什么，被秋山一把推开了。秋山说："妈还等着你呢。"秋山说完伸出一只胳膊，把袖子挽到肘子上。周围的人心都提到了嗓子眼。秋山说："放哪里？"满德父子对望一眼，不置可否。秋山从柴垛上拉过一根木料，蹲下来，胳膊放上去，头往一边扭去。

满德父子又对望一眼，被秋山的镇定激怒了。满德抄起板斧就往上冲，满德老子喝住了自己的儿子："让我来。我去蹲监狱。"然后，满德老子又说："他们打虎亲兄弟，我们也是上阵父子兵。大家都听好了，给我们做个见证，公家要怎么处理那是公家的事。我按秋山老侄儿的意思，砍他一只手。我们两家的恩怨，从此一笔勾销。"

人们的心又一次提到了嗓子眼，想上去阻拦的人，都被满德家的亲戚本家堵在了门外。劝说满德老子冷静的人听了他的话，没人再主动劝说了。满德老子绕着秋山转了几圈，斧柄在两只手里来回倒腾，灼烫一样。他给自己的手心吐唾沫，轮换着，像在瞄准下手的精准部位。谁也不知道他什么时候会劈下去那一斧头，谁也没见过这样的场景。即便是杀猪，听见嚎叫的声音，胆小的人都会捂住自己的耳朵。可是现在，要砍人的一只手，并且是你情我愿的事。

满德老子最后劈柴一样嗐一声，随着人们的惊呼声，斧头咔嚓劈了下去，不过劈在了秋山胳膊下的木头上。秋山被震了一下，身体往外一歪。人们再看时，斧头其实并没有真的要劈秋山。

秋山兄弟俩反应过来，一起给满德老子跪下了。他们嘴里那一声"叔"，叫得激烈而热泪盈眶。满德老子丢下手中的斧头，汗水淋漓一屁股坐下来，老半天点不着一支烟。围上来的人把烟递到他嘴边，他的嘴唇在抖动，噙不住烟嘴。等噙住了，那烟一口吸进去，半截就下去了，烟雾老半天没吐出来。

昏厥中的张凤兰并不知道满德家的院子里发生了什么，等人们吵吵嚷嚷往自家的院子里走来，张凤兰听清了。桂春贴着她的耳朵重复了几遍，张凤兰的手一下子耷拉下来。直到秋水回来跪在炕沿边拉住她的手，张凤兰都没再睁开自己的眼睛。

张凤兰一定是不想看一眼秋水，她的手再次耷拉一下，就闭上了眼睛。秋女现在才明白艾名臣大夫的意思，什么话都没说，就是那意思。秋女问桂春："你怎么就不给我说啊？"桂春流着眼泪攥紧了秋女的手。

埋葬张凤兰的时候，杏子河上的人都来了。以前南庄死了人，杏子河上其他村庄一般不来人。在人们的视线里，沉寂十几年后的张凤兰，因为秋水的回来，让人们对她有了更新的认识。人们也想起了刘明山的好，所以，他们像自己家死了人那样，主动帮忙料理后事。

关春是和报春一起回来的。关春是个最重感情的人，扑上去要看张凤兰的遗容，被秋女拦住了。秋女哭着说："就让姨妈最好的面貌留给你吧，不要看了。"关春的哭丧很悠扬，哭丧的人群中，她的声音最清晰也最有特点。

秋天的杏子河上格外凉，夜里尤其让人受不了，报春的披肩就派上了用场。报春的衣服都好，却觉得自己没有桂春的品位。

桂春现在把自己当成了农村人，没有报春那样讲究。南庄的人都说桂春穿什么都好看，像韩国人。他们说桂春人好，身材底子好，没办法。加上桂春上过学，爱看书，爱看书的人就是讨人喜欢。书本里有什么好东西，让爱看书的人看着就比一般人更舒服。

报春听后有些醋意，人有钱了也不是什么好事。南庄的人都说报春的春来早一年收入好几十万，报春就诉苦："我开面馆二十多年了，和蹲监狱一样。供出了两个大学生，安排了工作，买了三套房，没你们说的那么夸张。"人们还说报春手头肯定还有不少存款，这辈子闲下来都够吃了。报春苦笑一下，不解释。累了，才四十六岁，是不是更年期来了。报春心里狠狠地撂下一句话："闲下来就是等死啊。"

报春姊妹回到南庄参加姨妈的葬礼，无疑给秋女和秋山兄弟俩长了脸。气氛虽然哀伤，但该痛的都痛了，该哭的都哭了。人都一样，早晚要走这一步。先后回来的亲人都哭过，哭过后的人情绪都稳定下来。他们给来吊丧守灵的人敬烟倒茶，关春也不再哭。大家守在灵堂下拉家常。

秋雨还是下了一场，前一晚报春熬不住，被派到附近睡了个安稳觉。半夜醒来，还能听见几个女人在说家务事。报春裹紧被子又睡，等醒来却发现都七点多了。按说孝子们不该起这么迟，起码六点以后就该到灵棚下。唢呐吹得十里地都能听见，等打伞到院子里，见桂春和关春正忙着帮男人们扯雨篷。

秋山的生意做死了，乱到没法度日，以贷养贷。私底下和报春商量贷款的事，报春左右为难。自小和秋山一直相处得不错，真想帮一把。可是手头过去攒下的，供完两个儿子上学，关键是安排他们的工作，代价实在太大了，又陆续买了三套房子。后来生意不好了，开元又祸害了一些。

现在，报春提起钱就头疼，是的，还要给他们结婚呢。想说家里没钱了，都花光了，可是这对秋山来说等于见死不救，没有给他一点余地。犹豫再三，就说想想办法，要说自己一分钱都没有谁信。

秋山这时候就接了一个电话，兴冲冲对报春说："工程有希望了，正在招标阶段，大领导同意了，就是程序问题，总该方方面面打点打点。"眼睛看着报春，报春连说"是是，应该的。"秋山说："这一次就翻身了，以前欠下的，一次性就能全部解决。"报春不懂这些，不过心里还是不信，多少人都是想靠一次性翻身，可这怎么可能。这些年多少人都在做理财，搞工程，一个个最后灰头土脸，哪里来的一次性翻身。好在报春不想让秋山灰心，还是答应借一些帮他。

南庄的人不止一家来和报春套近乎，开口借贷。孩子上大学，娶媳妇，城里买房，做生意周转，都是最合理的事情。报春感到疲惫，自己怎么就成了香饽饽。报春也感到手足无措，一家都不敢答应。关春为报春解围，打趣大家："你们是要斗地主啊，她不是原来的她，现在也是生意困难期。店面大了，人手多了，生意却下来了。你们说，哪里来的那么多钱？"大家都说："瘦死的骆驼比马大啊，哪像我们，土疙瘩里刨食呢。"

只有桂春逍遥自在，没人和她谈钱的事，倒是和她拉长拉短的。报春就问桂春："你走哪里都是好人，给大姐教教。"桂春不理报春，说："谁让你有钱呢。"报春说："这醋有多少年了？"桂春笑道："山西的，你说多少年了？"关春又加一句："有钱也罢，你一回来就说三套房，两个孩子安排工作的代价。太高调了，不找你找谁去？"

连续守了两夜，报春就感觉不舒服，腰酸腿疼，肚子里咕咕叫。忍不住对身边的人感慨："一点本事都没有了，一熬夜就肚子胀，人真是不经活。"又看看秋水，一点和别人说话的意思都没有。那份高傲，骨子里像了姨父刘明山，可是姨父是干实事的人。报春觉得秋水在外面不会是搞什么正事，不敢把这话告诉桂春，只是偷偷给关春说了一下。

关春听后，吃惊地看看远处的秋水，对报春说："不至于吧，发家致富的多了，你不是走的正路吗？"报春说："走正路的，都不像他那样，有点虚。"关春说："虚，就是没走正路？"报春坚定语气说："不信你等着瞧，当年拐人家婆姨，现在回来开着好车。要想死得快，就看这一回。"关春说："你积点口德，姨妈还在棺材里躺着呢。"

　　杏子河上的人不约而同地涌向了城里，太早的不说，比如报春和开元两口子，在城里站住脚了。后来的人有些着急，连关春都是这样想的，自己比报春迟了，机会好像一下子就没了。报春遇到了所有的好机会，让杏子河上的人羡慕不已。秋山兄弟俩十几年后相聚在一起，秋山见秋水发达了，也不好多问。

　　丧事上，秋山尽量不和秋水提过去的事。张凤兰死的时候都不想再看一眼秋水，这让秋水分外难过。秋水的历史从离开南庄就被斩断了，在外面怎么发达的，大家也基本都是猜测。没有人会在乎他怎么发达的，在乎的，是现在他发达了。秋山落魄了，丧事上都是秋水在运筹帷幄，那辆盛气凌人的灰色帕萨特，被人们叫老帕，显示着秋水的能耐，那就是秋水的脸面。停靠在院子里的老帕像一个庞然大物，没人敢靠近它。调皮的孩子靠近看一眼，也看不到里面的情形。秋水说有防护膜，外面看不见里面，里面却能看见外面。靠近老帕的孩子，也被大人们呵斥到一边。

　　张凤兰被葬在遥远的后山走马梁上，秋风徐徐吹来，让人不知道她是不是还在人间。秋女的哀号在众人的劝说下渐渐平息下来，也因为秋女的平静，人们才觉得张凤兰的确是离开了人世。张凤兰临死之前想替子受过，以及她坚决不看秋水一眼，大致让满德父子平衡了许多。

　　多年以后的紫霞变了个人，既是南庄的婆姨，又不是南庄的婆姨,她身上外面城市的气息更多了一些。和过去的热情比起来,现在更让人觉得她多么的会应酬,会说话。待人接物,依旧和当年一样吸引着杏子河上的男人们。

秋山的遭遇秋水都知道了。秋水否定了秋山的方向,埋掉张凤兰后,秋水主动对秋山说:"哥,放弃你的工程理想吧,跟我干。工程不是一般人能干的,我知道现在只有来望他们靠自己的手艺包揽一些粉刷工程,靠技术吃饭,靠辛苦吃饭,不会赔,只要人勤快。可是你的路不同,你想靠关系,走后门,空中转包睡大觉挣大钱,错了,错了。"

秋水并没有教训秋山的意思,秋山也知道。这次秋山替秋水扛住了事情,秋水打内心感激秋山。哥哥就是哥哥,和自己的父亲一样。秋山说:"我没有退路了,杏子河上的钱,都快被我借贷光了。"秋水说:"有一个办法,试试。"秋山和秋水在炕上喝了一夜的酒,声音时高时低,偶尔和吵架一样。窑洞里太多烟雾,最后把窗户也打开了,像着了火一样。

丧事后人们都散去了,只有桂春还在村医务室。秋水好像不认识桂春一样,眼睛都盯着秋山的债主们。桂春觉得蹊跷,试探着和秋水搭话。秋水说:"你是正经人,不和你谈生意,你也不懂。"桂春反驳道:"做生意的都不正经了?"

秋山兄弟俩在张凤兰头七之后梳洗打扮一番,秋水说:"没坐过帕萨特吧?"秋山说:"见得多。"秋水说:"见了有啥用,飞机还常见呢。那不是自己的，有啥意思？"

秋水拉着秋山，在杏子河上秋山的债主家，挨着走了一遍。每次出来后，秋水都会像城里人那样和秋山的债主握手告别。秋山低头弯腰的日子一下子结束了，腰不佝偻了，肚子并没有起来，反倒要把肚子挺起来，有点气势汹汹。

秋女见秋山这样自信，以为是秋水在替秋山还债呢。秋水最后一站还是到了秋女家里，秋女刚刚死了母亲，比秋山兄弟俩要伤感。看见他们来了，秋女伤痛后又喜极而泣。秋女问秋水："你大哥的钱，是你替他还了？"秋水不说话，让秋山自己说。秋山说："比还了还有意义。"秋女瞪大眼睛问："那意思是没还？"秋山说："不光不用还，还帮他们挣钱呢。"秋女心里咯噔一下，脸色立马严肃起来，看着秋水。秋水说："是投资，入股……大姐你不要紧张。"秋女说："我不懂什么投资入股，只知道欠债还钱。娘老子在的时候，是杏子河上踏一脚一个坑的人，咱可不能做没良心的事。"

秋水苦口婆心，最后把秋山欠秋女的八万块钱折算成两股，直接给秋女甩下两千块的回扣。秋女吃惊地说："你们到底要干啥？"秋水说："以后不给你算利息，只按本金给你回扣，比利息多，还保险。每一股四万，你现在是八万，两股。再投一股，我再给你返还一千块回扣，以此类推，投得多返还也多。"秋水按现金入股吃回扣的方式，帮助秋山稳定了债务。

　　无债一身轻，秋山在杏子河上开心地蹦跶了几天。以前的债主纷纷撕掉了条据，都成了秋山的股东。以后再来投资的，直接绕过秋山，投在秋水的名下。秋水说："一个拉一个，最后都能实现自己的目标。"

　　艾名臣肺部呼噜呼噜的，到处对人说："这是传销啊，这叫空手套白狼。不敢再投资了，会越陷越深。"秋女半信半疑，问桂春。桂春说："我没钱，也不会投资的，我连一股都凑不够。"秋女说："我倒不说啥，亲兄弟，给不给我还都不是问题。可是别人的，将来不给怎么办，虽然给了回扣，可本金还是欠着的。"

　　桂春故意说："投得多，回扣就多。回扣越来越多，就可以把本金忽略了。"秋女说："你说的怎么跟秋水一样呢？我还是担心，有钱人一下子投十股，比高利贷回报还要大，他们眼热了，可惜家里也没太多的钱，就四处找钱。你没看见吗，杏子河上都快疯了，都往咱南庄跑，拼命把钱给秋水塞，生怕不要了。"

　　秋水在自家院子里安放了一张桌子，院子里热闹得像赶集一样。紫霞负责收钱，一只口袋张开大嘴把送来的钱全部吞进去，显得悠然自得。

　　满德父子也来了，在公开投资入股的第三天，渐渐人少的时候，他们有些不好意思地蹭进秋水家的院子。秋水赶紧站起来，满德父子说："过去的，就算过去了。我们，也投一股，钱不多。"

秋水连忙敬烟，紫霞给倒茶。秋水说："多少不限，只要够一股都算。咱自己人，你们的，我一股破例两千块返还。"满德父子有些错愕，以为秋水会记恨他们，没想到会是这样的情形。

杏子河上的果农们将自己的腰包清空后送到秋水家的口袋里，秋水也打算走了。秋水还要回到自己发展的地方去，要坐飞机飞到一个叫南宁的地方。秋水说："想挣钱，就要出去。"秋水说这话的时候恨不得一下子就飞过去。秋水走的时候带走杏子河上的七八个后生，他们都是游手好闲的人。

有些人家没钱投资，就用向秋水借款的方式给秋水投资了，只是没得到回扣，还给秋水打了借条。

秋水带着几个人，浩浩荡荡出发了。秋水走后秋女心里还是不踏实。桂春说："艾大夫说得对，那是传销。"秋女说："只知道搞传销的人都是在外地，人在一起不让出来，每天就是学习，想跑的人被打死的也有。咱这又没学习，给了钱，回扣就来了。"桂春说："羊毛出在羊身上。"秋女说："怎么会呢，投得多回来得多，这还是传销？"桂春说："反正我没钱投。"秋女说："你怎么不打借条投一股呢？"桂春说："他要是拿着借条和我要钱，我该怎么办？"

秋女蒙在鼓里，只是把给秋山的借款转投了，还想再投几股，被她男人挡住了，只得了两千块回扣。秋女怅怅的，问秋山本金的事，秋山说："本金产生效益后会一步步还回来。"秋女说："到底是不是传销？"秋山说："艾名臣那老东西，黄土埋到帽盖子上了，还瞎说。听他的，烂裤子都穿不上。"秋女说："我听桂春的意思，也是说传销。"秋山冷笑道："桂春，他们两个赤脚医生，想得肯定一样一样的。"

秋山还说："这几年水涨船高，娶一个媳妇得多少钱？城里买一套房子得多少钱？安排一个大学生的工作得多少钱？哪里有挣钱这么快的？起码我的债务一下子就稳定了。"秋女说："秋山啊，你这下可要好好靠苦力，再不要想工程的事了。不管秋水对不对，他说你投机取巧干工程，工程没干上，净是给人送礼了，吃喝了，这也是个无底洞。"秋山说："不折腾怎么活，你看秋水会折腾，都撵着他。"

秋水回来后，杏子河上的人们一度像是见到了救星、摇钱树，兴奋了一回又一回。现在秋水走了，秋水走后他们失落了。固然有期待，但是觉得一下子没了主心骨。秋水在城里租的帕萨特把杏子河上的每一个村庄的路都碾了一遍，车屁股后头冒起的尘土和秋水一样潇洒。

人们惦记着这个出门后混成大人物的人，当年敢把紫霞带走，一般人哪里有这样的胆量。秋水已经今非昔比，人们只知道他带走了紫霞，而没有想到他将来会是这样的风光。桂春打电话给报春，报春惊愕道："果然不出所料。"店里正是下午，吃饭的人不多。关春问："什么情况？"报春说："传销。"关春又问："谁？"

报春说："我给你说过。"关春把手夸张地放在鼻子下面，半天没说出来一句话。报春说："制止不了，就像洪水泛滥一样。谁敢制止，就被认为挡人家的财路，是坏人。"

小环说："传销的黑手都伸到村庄里了，怎么不报警？"报春说："谁报警，你报？"小环吐吐舌头说："我又没被骗。"报春说："真是可恨！都鬼迷心窍了。"小环说："是钱迷心窍。"报春说："和你以前一样。"小环说："是啊，不走正路就是死路一条。走正路辛苦点，但终究不会出问题。"报春说："你还算好，起码落了两套房子。他们呢，钱都打水漂了，自己还傻傻地等效益呢。得了一点小甜头，最后都不知道是羊毛出在驴身上。"关春说："大姐这话好难听，都是咱南庄的人，杏子河上的人，哪个就是驴了？"报春说："我错了，我也是急躁得不行。"

随着秋水他们的离开，杏子河上又安静了一段时间。人们自顾忙自己山上的果园，一箱箱的苹果装起来等待着果商的大货车。没有人提一句投资的事，有一种感觉是不对劲，可是谁也不提。传销这个事情大家都知道一些，电视上也看到端掉传销窝，但是不理解秋水的行为也是传销。如果真是那害人的传销，为什么自己的姐姐秋女也参与，难道是障眼法，做给大家看的？秋女一听赌咒发誓，确实是按秋山的债务折算了两股，得了两千块回扣。不信的话，她一头碰死给大家看。

现在人们最大的愿望，就是本金产生的效益，产生后的分红。

要说传销不是好事，为什么秋水能风生水起？撑死胆大的，饿死胆小的，投得越多回扣越大。没多投的现在后悔了，多投的人在期待效益，两种心理面面相觑。在秋水回来的十天时间里，人们似乎经历了一场暴风骤雨，个个被敲打得豁然了许多，也沉默了许多。只有艾名臣，呼噜呼噜地对人们说："你们的钱，唉，等着吧，不如吃了喝了。你们的钱，再也回不来了。你们不知道，传销啊，最先都是拉自己的亲人朋友……"桂春并不明确地说这些，秋女要桂春也说说。桂春说："我没资格说，因为我没投。要真是传销，我还得感谢秋水兄弟呢。"

秋山清理了杏子河上的债务，其实是暂时转嫁了自己的债务。那些按捺不住的人问秋山："效益？到底啥时候能有效益？"秋山说："效益的事，要问我兄弟。"现在的秋山不再把秋水直接叫秋水，而是张口闭口我兄弟。秋山说："挣钱哪里有那么容易，你们拿回扣的时候，眼巴巴地怕少拿一毛钱。效益要有时间，时间不到火候不到。"人们又问："到时间万一，万一没效益呢？"秋山说："问我，哼，问问你们自己吧。口头协议怎么说的，有赔有赚才是效益。光赚不赔这样的好事，我兄弟会给你们？他自己一人赚才好了。"秋山的话扰乱了杏子河上短时间安静又惴惴不安的人们，到达南宁的人传回来一些照片，几乎用吃香的喝辣的来形容那边的好。

效益的可能性再一次让人们吃了定心丸，现在一股可以回扣两千了。人们再一次亢奋起来，不理秋山的话了，他们争前恐后准备再投资。他们一时间比秋水在南庄的时候都要踊跃，有人似乎要放弃城里工地上的技术活，苦力活，甚至放下已经见利的山地果园，要随秋水去发展。一股看不见的洪水在杏子河上肆虐，任何势力都无法阻挡。好像这股洪水积攒了千百年的力气，正汹涌澎湃，要在杏子河上杀开一条血路，浩浩汤汤向南而去。

人们似乎在梦里也要见一回秋水，孩子们也会被以秋水为榜样而进行教育。激情让杏子河上的人们坚定了南庄的地位——风水。多少年来，都是南庄的人在引领杏子河的潮流和风气。南庄一动，别的村庄才会动。南庄不动，其他村庄都是一片死寂。南庄在杏子河的东岸，是太阳升起的地方，是龙头，是风水所在，生来就贵气。很多没有投资的人家会想起紫霞的那句话："再没钱，难道连一股都不投资吗？你们，会后悔的。"

现在人们回想起这句话，就像一根铁棍敲打着自己的脊背，发出让他们悔断肠子的声响来。人们在这时候开始反思自家的光景日月，为什么有些人事事都能走在人前，而落后的人，总也走不到人前。人们又记起了秋水的那句话："观念问题。"人们现在需要的是转变陈旧迂腐的观念，要让自己也潇洒地活一回人。哪怕这个潇洒可能是有代价的，也可能是短暂的。总之他们无所谓了。于是他们要把握最后的机会，他们有些手慌脚乱，通过邮寄汇款的方式，把凑够的钱汇往遥远的南宁，得到了比先前的人们一股高出一千块的回扣。

他们要拼命往金字塔的顶尖爬，也要做金字塔顶尖的人。即使做不上，也要有那样的雄心壮志。否则，这一辈子，算是白活了。

第五章

　　报春回到城里决定给秋女物色一套房子，这么多年来，报春不知道杏子河上的人对城里房子有这么大的需求。他们一生注定要和城里有点关系，那就是房子。没买到的房子看不见摸不着，却成了人人的一块心病。想到这些，报春眼睛酸涩，对自己刚回去那几天有意无意地炫耀懊悔不已。报春不知道这是城市化进程的影响，城市在吸引着农村人进城了，在城里有套房子就是城里人了，可以安营扎寨了。

　　来春来早吃面的顾客给报春讲，土地留不住人了，他们都要来城里，这是早晚的事。

　　秋女和报春一起长大，只是嫁在了南庄，把报春当神一样看待。在秋女看来，报春就是她的救世主，城里没有报春办不成的事。贵得买不起，也不会和报春借钱求助。张凤兰的丧事完结后，秋女搬了几箱好苹果要报春带回去。报春反倒不好意思起来，无功不受禄。看着秋女脸上过早起来的皱纹，心里难过起来，下决心非要把秋女买房的事办好不可。

　　报春没有答应其他人的任何事，独独把秋女的事放在了心上。其他事办不办也罢，银钱往来最容易反目成仇，这个道理报春最明白。倒是看秋女的脸，比自己要老十岁。报春都不好意思站在秋女跟前，生怕秋女感到自卑。谁知秋女和一般人不一样，非但不自卑，反而一句刻薄的话都没有，不像其他人那样正着反着地嫉妒着报春。

　　秋女还说："凭什么说别人，过好了是人家的本事。能过那么好，肯定也要付出很多辛苦，谁也不可能睡大觉来大钱。"秋女的话每每感动着报春，报春觉得秋女就是没嫁到个好地方，只能在杏子河上种苹果。好在他们两口子务实，日子过得踏实。走时，报春再没多说什么，而是用力捏一把秋女的手，嘀咕了一句："你放心，别说了，我知道。"

　　秋女心里一块石头落了地。这几年，杏子河上的人都在城里陆续买了房，所剩的也就秋女二儿子少数几家了。虽然秋女家的收入不错，可是孩子多，得平均分配。哪个也不能多，哪个也不能少，一碗水端平才好。

大儿子的房子解决后，秋女就憋足劲要给二儿子解决房子的事。二儿子在城里开服装店，做生意多年了也没个落脚的地方，小两口为此常闹腾。秋女心疼自己的儿子，好在秋女心宽，不把儿媳的哭闹放心上。儿媳也渐渐不再找秋女闹，面对了现实，觉得闹下去没意义。房子是闹不来的，早晚还得按现实来。

于是，婆媳的劲往一处使，拼命攒钱，可眼看着城里的房价噌噌往上蹿。儿媳年轻，如同坐在火炉上。秋女说它涨它的咱攒咱的，早晚会买上合适的房子。借下的慢慢还，你们都还年轻嘛。儿媳哭着反问："啥时候是机会？"秋女说："买下合适的就是机会。"

报春就是报春，能有今天是有原因的，真把秋女的安顿放在了心上，动员了所有人打听合适的房子。房屋中介公司也去了，动辄几十万，报春知道秋女吃不消，给秋女打电话。秋女说："公交车能到的都行。"报春说："这下就好办点了。"恰好有人欠下了赌债，急着出售一套房。房子距离安澜街较远，但是在马路旁边，略贵。报春又给秋女打电话，秋女在电话那端停顿了几秒钟。报春似乎听到了秋女咬牙的声音，知道秋女在下决心，就说了一句："那我就把订金先交了？"秋女这一回没有犹豫，而是坚决地回复了一个字："交！"

秋女二儿媳终于如愿以偿了。秋女来城里感谢报春，家里最好的苹果又给秋女搬来几箱子。秋女说："我就说了，你是活菩萨。"秋女的热情让报春动容，报春问起秋水的事，秋女说："按说是传销，可是又不害人，多入多得，少入少得。"报春急得直跺脚，小环凑过来说："真就没人管？"秋女说："整个杏子河上都乱了，现在说是效益涨了，把原来投资少的后悔死了，都在想办法再投。"

报春说："我说什么来着？"关春说："要想死得快，就看这一回。"秋女说："你们说啥呢？"小环在一旁笑。报春说："我在姨妈丧事上这样给关春说过，她记住了。"秋女还是疑惑不解。报春就连连说："洗脑，不停洗脑，诱惑你，你可千万别投。"秋女说："就是把秋山欠我的折算了两股，再没投。"

报春说："这个倒罢了，你本来也是想帮秋山，回不回本也无所谓，说到底是你的血汗钱呢，姐夫就不反对？"秋女说："他也痒痒的，我想再投，被他挡住了，要给二小子买房呢。一下被掏空，想买房子也就没办法了，总不能借贷去投资吧。"报春说："还好，到此为止，你是幸运的。"秋女说："好多人准备买房的钱，暂时都投给秋水了。"报春再不说话，小环习惯性地吐吐舌头，去招呼客人了。报春突然有些难受，对秋女说："你不懂传销我也给你说不清楚，但你记住千万不敢再投资了，记住了吗？一分钱也不要再投资了！"报春就像给自己的孩子安顿大事一样，那份认真劲，吓得秋女连连说："听你的听你的。"

正说着，开元回来了，说好久没吃秋女的擀杂面了。现在的春来早和开元都没啥关系了，开元在注册公司，办理各种手续。开元来了也不吃面，要小环烤肉吃。报春说："早点收心，回春来早当甩手掌柜，不要不见棺材不掉泪。"开元不以为然，说："我说不过你，不折腾，怎么知道自己有多少能耐。"报春说："你这和秋水有什么区别，回家给我们洗脑来了。"

开元说："你不要一刀切，也不能这样比，我和秋水的事没关系。"报春说："折腾折腾……"看了小环一眼，没好意思说出来。小环说："折腾进去一个了。"开元说："代价总是要有的，不折腾，你们哪里来的两套房子，值。"小环说："这次值了，下次呢？"开元不耐烦，吃完就要出去。报春拉住开元："家里拴老虎了？你这不回家的毛病，是不该改一下了？"

开元在和人合伙开办石油钻前服务公司，贷款的事基本说好了。公司要注册，注册金也是从一家小额贷款公司借来的，用一下就给人家还回去，只是利息高。人家是专门做这个的，就算是中介。现在的开元体验着周转资金的快感，心里一点也不再记挂春来早，一点也不想原来的茶楼了。开元的心也越来越大，身份变了，穿戴也在变。

报春把持不住他，索性也不管了。公司开业的时候电视上竟然给做了专题报道。报春吃一惊，没想到搞得这么大，连忙打电话给开元。开元夜里才回来，对报春诉苦："实在忙得不行，各路神仙都要招呼。得罪不起，靠人家发财啊。"

报春知道现在已经阻止不了开元了，小环也觉得开元比过去在茶楼的胃口大几十倍。公司开业后，开元来到春来早，给报春指着安澜街的高层建筑说："你看看，人家怎么富起来的？小本生意，小本生意起步的啊。靠卖纽扣，比咱的生意还小。现在呢，看看，现在呢？"报春说："都能和他一样吗？"开元就会说："这就是观念问题，观念！"报春气得不再和开元说话，开元又看看小环："你，你们，也就是两套房子的主。格局，懂吗？格局。"

开元的话刺激不了报春和小环，倒是关春每次听开元一说，有些坐不住。开元说："来望人踏实，但是没冒钱可赚，一眼看到底的人生。"关春有些讪讪的："过个安稳日子有什么不好？"开元说："说得没错。我们要是也过安稳日子，不接触人，两个孩子的工作，是那么好解决的吗？提上猪头找不见庙门！"这话一下子就戳到了关春的痛处。关春最羡慕的就是报春的两个小子都安排工作了，自己的孩子大学毕业怎么办？这几年毕业出来的普通大学生，毕业就是失业。关春忍不住对着镜子照照，害怕白头发多起来。

关春对报春说："累死累活，不就是想让四朵金花有个工作嘛。"报春说："你就这一件事。"关春说："我没你那个命，要有你那个命就好了。"关春每天夜里总会和来望总结一下收支情况，投资房子靠后。现在起码攒一些钱，够给一个或者两个安排工作。

来望说："要是都能自己考试通过就好了……"关春说："你做白日梦，现在不分配了，全靠自己考。有后门的还好，考试走个过场，没后门的，自己能力又有限，不花钱找人，做梦！"

来望说："放着大家呢，又不是咱一家的孩子，迟早总会有一口饭吃。"关春气恼道："那要看吃什么饭，乞丐也饿不死。"关春就是这么忧郁，报春有时候会安慰她说："你不要担心她们出来没工作干，人嘛，总会有个出路。这世道，没文化的都饿不死，还怕有文化的？说到底，你是太爱自己的孩子了，她们总要自己面对社会的。"报春这样一说，关春越发难过，好像自己的孩子都已经失业了。

关春的烦恼也多少影响着小环。小环有时听关春唠叨，会说："三姐，你快别愁了，你要愁，我都愁死了。两个小子没一个念书的，早早独立了。老大修车工，老二卖酒，你说说，连个工作的机会都没有，比起你，咱俩谁愁？当然，你会说我有房子了，可是，房子只能住，又不能让他们当饭吃。"

这一天，关春心情好，春来早下班后，却要小环陪她去跳舞。小环说："快别拉我，我在广场上别扭，还跳舞？都是闲着没事的人才跳呢。"关春又拉报春，报春说："你想一出是一出，天天担心孩子们的工作，现在又放松去跳舞，想不通你。"关春说："一跳舞，就忘记了所有的烦恼。"

安澜街的广场舞晚上六点就开始了，关春听见音乐就忍不住探头往外看。报春嘲讽说："都是有工作单位的女人们，没工作的这时候还在忙，哪里有时间呢。"关春说："你还说呢，要不我怎么就想让自己的孩子都有工作呢？"报春说："你为自己活了吗？先为自己活，她们有她们的命。"小环说："大姐这话我爱听，所以我不愁了。"关春说："你们懂什么，一人一个情况。跳舞我是上瘾了，没办法了。"报春说："好吧好吧，以后工资每月扣二百，我给你放假。"关春问："你当真？"报春说："当真，我看你那状态，都替你着急。以后八点你就下班，提前一小时，我们善后。"

关春是学会跳广场舞不久认识的老杨，一个退二线出来做生意的文化馆干部。老杨五十出头，风度翩翩，头发稀疏，一股脑向后梳理。加之人瘦，颧骨高，倒显出几分风骨来。多年来，老杨吃喝嫖赌成性，闹了个妻离子散。一张嘴天南海北跑火车，混在女人堆里也没人觉得有什么不对劲，这样洒脱的男人，关春还是第一次见识。

老杨人气好，还能和女人们单独跳。关春还是保守阶段，看见男女对着跳就起一身鸡皮疙瘩。关春的矜持渐渐吸引了人情练达的老杨，其实老杨早就看出了关春的状态。在这个队伍里，四十出头的关春还是个生瓜，每次跳舞，老杨都会有意无意地往关春跟前凑。关春不知道老杨是故意，自己倒是有意识地躲着漂移过来的老杨。

老杨越发喜欢这个农村来的女人了。在老杨看来，城里的女人太直白，没收藏的价值。她们一点也不知道内敛，都是拼命展示着自己原本不多的内心。倒是关春这样的女人，动了老杨的心。关春的心神不宁也让报春和小环起了疑心，自从桂春出事后，报春就在感情问题上时时提醒自己，也提醒小环，独独忘了大大咧咧的关春。

每天到了快下班的时候，都会看见关春迫不及待的样子，也在发短信，陶醉得一览无余。报春真想夺过关春的手机看一眼，是约会吧？小环早看出来了，每次关春看手机，小环都抿嘴朝报春笑。报春背过关春，拧一把小环的胳膊。小环疼得叫出来，而关春却浑然不觉。

关春第一次和老杨搭话，是踩了老杨的脚之后。其实老杨是故意的，老杨挪到关春跟前，关春只顾着往前看，一点都没意识到老杨已经到了自己跟前。老杨锃亮的皮鞋清脆地伸到关春的脚前，效果就来了。关春知道老杨的皮鞋亮，只是一直没觉得自己会和老杨有啥关系，有啥交集。老杨应该是城里女人的菜，自己就是农村人，虽然在城里生活，这一点关春一直觉得自卑。

现在，自己踩了老杨的脚，踩了老杨的皮鞋。农村女人踩了城里男人的脚，关春有些羞涩。还没来得及道歉，老杨就闪到了一边。关春不好意思再跳，不由自主地离开了队伍。

老杨说："没事啊，没事的。"关春说："我瞎跳呢……"意

思是自己踩老杨的原因是自己不会跳。老杨说："哪里是瞎跳，你
跳得才好看呢。"关春脸红了，感觉老杨是故意的。老杨确实是
故意的，在老杨看来，女人收敛的舞姿，才让这些老江湖男人欲
罢不能呢。只是老杨没有这样说，而是递给关春一小瓶纯净水，
关春就这样和老杨认识了。

老杨博古通今，谈吐不俗，深深吸引了从来没和有文化的干
部男人交流过的关春，并且是这么近距离的，友好的，暖心的。
老杨唱得更好，私底下老杨对关春说："现在老了，五十几了。年
轻时候，我一开口，嘿嘿……"老杨卖个关子。关春等不及，老
杨还是不说，眯起细长的眼睛。关春着急，催促道："你快说啊，
快说嘛。"说完觉得自己失态，自嘲地笑一下。老杨一只眼睛眯
得更小了，甚至带一点三角状，耷拉着。仿佛眼睛里能吹出来气
流，送进关春没有设防的怀里。

春风拂面，回想起当年，老杨分明陶醉了，比关春要陶醉得
快。老杨说："我一开口，她们，听得都能尿出来。"关春就是这
样一次次被老杨拉下水的，其实自己早就没防线了，一溃千里。
对老杨从敬而远之到敬佩不已，再到欲罢不能，关春觉得自己已
经脑子里只剩这个男人了。

二十岁结婚后，从南庄沿着杏子河来到城里，和丈夫来望在
一个被窝里生养了四个女儿。一直到今天，从来没觉得除了家事
以外还会遇见这些事。以前算是白活了，关春心里不断感慨。现

在，看到眼前这个有文化的男人，心里是多么的奇妙。有文化的男人真好啊，真好！怪不得那些油嘴滑舌的男人总能讨女人喜欢，为他们心甘情愿，死心塌地。说到底，是因为他们有文化啊。

关春心野了。来城里以后一直自卑的关春自觉地把自己归类为客居城里的农村人，骨子里还是杏子河上的姑娘，南庄的姑娘。和很多人一样的心态，关春从来都没敢把自己和城里人，和那些有单位的女人们归为一类。即使她们说她们的工资也不高，甚至不如关春家的收入。关春不这么看，先不说收入，单看气质，那绝对是两个世界的人。老杨身上的气息感染着关春，在关春看来，老杨不仅风度翩翩，也神通广大，安澜街上没他办不成的事。

关春想到了桂春，二姐就是因为感情问题一步步把自己逼到绝路上的，好在她找到了自己的归宿。她可以回到杏子河上，回到南庄，那是她的愿望。换作自己要是出了问题，该怎么办？关春明明知道自己已经管不住自己了，春来早的生意快赶上过去了，大家每天忙得不可开交。报春和小环一心一意地忙着店里的事，自己却在想那些事。关春想到这里，恨地骂了自己一句。要是不在店里，她真想抽自己两嘴巴："下贱的人，下贱，你以后还回不回南庄了？"

所以有几天了，关春自觉不再出去跳舞。报春提醒她："该出去了。"关春不理，报春说："谁惹你了，我又不真的扣你钱。"关春故意别过了头。报春一头雾水，倒是小环看在眼里，给报春一个猜不透的微笑。报春不敢再问，凑近假装和小环换零钱。小环说："失恋了，可能。"报春呸一口小环，小环说："你别不信我。"报春说："宝瓶进去一年了，你都没恋，她恋个屁。"

小环有些委屈，说："人和人能一样吗？我就看在那两套房子的面上，也应该为宝瓶守节。"小环自己也不知道，怎么就用了"守节"两个字。报春说："委屈你了，人家王宝钏寒窑里等薛平贵，十八年呢。"小环说："守一辈子的人都有，我这就两年，一年一套房子，值了。"

报春说："说心里话我还是为你委屈，年轻轻的……"小环说："委屈什么，不就那点破事嘛，又不是没体验过。"报春问："哪点破事？"小环说："炕上那点……"报春急忙回头看一眼顾客，剜了小环一眼。

自打宝瓶进去后，小环探视过两次，按人家的要求，存点钱给他。宝瓶每次问："都好吧？"小环说都好。宝瓶又问："你呢，没事吧？"小环说："有事。"宝瓶明显急躁起来，又不好说出口。小环说一句："狗日的"，就挂了。小环以前事后总爱骂宝瓶一句"狗日的"，宝瓶知道那是对他的满意和肯定。现在小环探视时候这样说，宝瓶知会了小环的意思，放心踏实地转身进去了。小环说完有些脸红，出来心跳突突的。盼着宝瓶能早点出来，出来好好骂，每天都骂——狗日的！

关春越是躲，老杨越是追。关春不理老杨，也不出去跳舞。

老杨的办法很简单，来春来早了。来了，不是吃一碗香菇面，就是两瓶啤酒加烤肉，还和小环问长问短的。开始小环有些迷惑，看老杨应该是常客。后来注意了一下，每天都来，眼睛还是出卖了老杨的心理。

老杨细长的眼睛老往门口的吧台漂移，都在关春身上。小环明白了，表现得若无其事，热情劲倍增。老杨暴露了自己的身份，关春没办法，人家现在是顾客身份，再说进来也没和自己说过话。小环把秘密告诉了报春，报春轻蔑地瞥一眼老杨的头发，说："癞蛤蟆想吃天鹅肉。"小环说："一看他就是老油条，不是癞蛤蟆，情场骗子，骗子。"报春说："人渣。"小环说："败类。"

两人说着就扑哧笑出来。关春心虚，问她俩笑什么。报春说："小环讲笑话。"关春说："怎么不给我听，就你俩，安的什么心？"报春走到吧台前，下巴往老杨那里抬抬。关春脸红了，报春说："你可不要鬼迷心窍了，这些臭男人，到处拈花惹草，欺骗良家妇女，咱图什么？"关春低下头说："你想哪里去了？"报春说："和你想的一样。"

老杨来了几天，关春心里痒痒的。不过她像吸烟的男人一样下了戒烟的决心，绝对不可能再和老杨接触。可是心里的瘾却过不去。老杨来了十多天，见没机会，就不再来了。老杨不来了，关春倒开始怅怅的。关春有时候也后怕，要是真的像报春说的，失控了怎么办？想到这里关春忍不住一个寒噤。报春和小环说：

"感情问题就是个禁区，碰不得，谁碰谁倒霉。"关春说："好像我碰了一样，不干净了一样。"自己觉得难堪，赌气两天没来上班。

开元后来应酬多了，三天喝酒两天输液。几家银行和信用社都要跑，专门配备了一个小型商务车，平时把新鲜水果啊，农村的肉啊蛋啊的往人家那里送，忙得不亦乐乎。报春知道开元没拈花惹草的毛病，倒是担心他的身体。店里的事多数交给小环，自己有时候回去给开元擀面吃。开元最喜欢吃家里的擀面条，这几乎是报春现在收服开元唯一的好办法。开元多数时候还是听话，回来就窝进沙发里，叫唤胃难受。

报春一边擀面，一边尝一下臊子汤的味道，问一句："图个啥？"开元说："人活一口气，不是有吃有喝就好了，那样和动物有什么区别？"报春端上面，说："吃。"面很薄，很软，臊子汤清清淡淡，柿子放得多，和春来早的香菇面两个味道。开元吸溜一口，一副陶醉的表情，感叹一句："家的味道啊，到店里就没了。"

报春坐到开元对面看他吃，问一句："好吃吧？"开元"嗯嗯"两声。报春说："妈妈的味道。"开元说："正要说呢，你现在就是我妈，就是我的遥控器。"报春说："再不遥控，你失控了怎么办？"开元说："我失控？"报春把关春的事讲给开元，开元嗤嗤笑，说那是关春没见过世面，有这么一次也正常，不是说女人三十如狼四十如虎吗？报春说："你净瞎说，我们是那样的人吗？那都是说那些水性杨花的人。"

开元怕报春生气，说："男女感情都是睡出来的，一个被窝。"报春说："你还知道这个道理？你都多长时间没回家睡了，一直在外面，哪里还有感情，人活着最后不就为有个伴嘛！"开元连连说："是是是。"报春说："我管不了你的事，我把春来早守住。你平时回家来，我给你擀面，身体最当紧。"

开元眼睛有些湿湿的，对报春说："我听你的。"报春说："家有贤妻夫祸少，咱从南庄出来的时候，过得有一天没一天。现在都在城里扎根了，我也不逼着你挣大钱，又没给你压力，你自己把握。生意的事太复杂，我不懂，也不想懂。"报春越说越激动，生怕开元有个啥闪失。最后报春感慨一句："我是老了，老了才婆婆妈妈的。"开元说："是更年期。"报春说："快了吧。"

报春现在俨然就是一个标杆，南庄的人，杏子河上的人，都觉得报春出类拔萃。要是没有报春，开元还是不踏实，也不会有今天的状态。报春心里还是牵挂着关公庙的事，几乎一点都不敢高调，害怕自己不小心导致发生什么意外，正应了世人的说法。又觉得自己到更年期了，就把桂春和关春，小环，都当成了自己的孩子。虽然她们只是小自己几岁，但事事都想提醒一下。

小环很享受这种提醒，有报春在，小环就心安。小环说："等宝瓶出来，大姐还让不让他回春来早？"报春说："就怕他心大。"小环说："我的男人我知道，大姐要是让他来，那求之不得呢。"

报春说："你都说到这份上了，只要他不嫌庙小。"小环说："好男人都是打出来的。"报春说："你敢打宝瓶？"小环笑道："家里就我一个女人，后来养了两个儿子，有事没事打几下。再后来就上瘾了，连宝瓶也打，他们也不恼。"

报春说："我也是家里三个男人，可是我没打过谁。"小环说："大姐菩萨心肠，打几下，比多说话起作用。就是两个小子没走到路子上，没上过学。"报春说："一样，现在干啥都一样，机会到处都有，只要人勤快。"小环说："善有善报，大姐有今天，也是修来的。"

以后报春每天都会督促开元回家吃饭，成了一种仪式。开元不会每天都回来，隔三岔五的总是回来安抚一下自己的胃口，也会给报春诉说资金周转的艰难。不过办法总比困难多，开元自从做起石油生意，格局确实比在春来早大，比在茶楼大。报春跟不上，小环自然也跟不上。

公司渐渐有了效益，开元也成了安澜街上的大老板，人们都知道开元是春来早起家的。开元毫不掩饰，会给年轻人讲自己艰难而浪漫的创业经历。从南庄出来，那个惝惶的样子，现在呢，现在自己不敢说是大老板，但是安澜街上没人不知道。出去周转资金，也有人信，不要说银行，就是个人借贷，都是撵着来。因为别人信任你，因为你财大气粗，别人不担心被骗。

从开元的喘息，坐下来的姿势，就知道男人成功了，就知道什么是财大气粗了。也有熟悉开元的人，会在开元背后善意地说一句："开元膨胀了。"膨胀的人就是个气球，会被越吹越大。到一定极限，如果还被吹，会啪的一声成了碎片，什么也没有了。

开元自己是不会当气球的，生意的红火让他有些瞠目结舌。这个行业算是进对了，再迟恐怕就没这么好的效果。开元也开始打造自己，自己就应该是一个品牌，不能再这么朴素下去了。大老板还朴素，那不是低调，是和生意不符。生意逐渐独立后，开元首先买了一辆奥迪。车牌号也是花了大价钱，可以买一辆捷达了。尾号四个八，多好！手表也是，几万块的江诗丹顿。手指上的黄金戒指，好像总是有些卡，坐下来就忍不住拧转，这样手指根才舒服。

心血来潮的时候，开元会把奥迪开进杏子河，开回南庄，在秋女家的院子里"噌"一声停下来。秋女说："报春没回来？"开元说："她被店绑住了。"秋女说："我给你擀杂面去。"说话的时候，连奥迪都不敢靠近，生怕自己的衣服脏了车。开元对秋女男人说："划一道，一万块！"吓得秋女男人把前来看车的小孩子一顿呵斥，开元大气地说："让看让看，都一庄一院的，没外人。"

杏子河上的人，南庄的人，在给秋水投资后，显得有些失落。在等待效益的时候尤其这样。见效慢，啥时候才能见效？这让他们心里还是慌乱不已。为了掩饰自己的慌乱，他们还是尽量不提秋水，这样才不至于太烦恼。

　　城里的饭吃腻了，绝对不是造孽，是大实话，搁给谁都一样。开元倚靠在奥迪上，对前来和他聊天的庄里人说："每天都不知道整个安澜街，什么是自己想吃的，说到底，什么都不想吃。"秋女在案板上擀杂面，开元说："就好这口，家里的味道。"

　　开元回来给杏子河涨了气势，人们甚至听见河水发出愉悦的欢叫声。人们暂时忘记了秋水，围在奥迪周围，吧嗒着从开元手里接过来的软中华。抽干自己的喉咙，开元又甩来一支，不抽也不行。开元会假装生气："男人连烟瘾都没有，还算男人？"这话问得人们惭愧不已，你看秋水回来那阵子，就没见过秋水嘴上不抽烟的时候。人家的肺有那个承受能力，人们也被眼前的两个人迷惑了。到底是秋水厉害，还是开元厉害？秋水开的是帕萨特，开元开的是奥迪。帕萨特只有奥迪的一半贵，穿衣吃饭亮家当，从车的角度看，肯定是开元厉害。开元在安澜街有三套房子，两个儿子安排工作的花销，社会上传言，也足足有两套房子的代价。就是说，开元相当于有五套房子，加上这辆奥迪，六套。当然，还不算春来早，不算开元自己的公司。

　　人们开始晕晕忽忽，寻思这些的时候，盘算着秋水的老底。秋水在外地，传回来的信息可信度有多大，一点把握都没有。除了那辆帕萨特，据说还是租来的。现在，人们为了安慰自己，毕竟都没亲眼见过他是租来的，就当是他自己的吧。还有，秋水抽的是苏烟，也比中华便宜。再说了，秋水发烟是一根一根地发，而开元呢，给年轻人，都是一包一包发。人们对秋水的信任开始动摇了，真金白银才是可靠的。人们也不知道秋水的集资款最终具体投在了哪里，听说他也要给公司上交集资款。他在公司也就是一个大股东罢了，而开元就不一样了，是老板，自己说了算。

人们的内心开始左右摇摆，杏子河上的人都往南庄聚拢。关于秋水集资的事，到底是怎么回事，要不要问问开元，他是有见识的人啊。人们终于忍不住了，不吐不快，看回扣还是不错，可是老本将来怎么办？人们顾了眼前利益，最终还是想到了老本，那些从苹果上来的血汗钱，那些准备在城里买房子的钱，不会一去不返吧？

开元制止了大家，开元说："秋水的事，我不便表态，我是他表姐夫，不能说他啥。你们都是自愿的，即使是个套，也是自愿往里钻。"开元这话听起来硬邦邦的，人们的心一下子纠结住了，就像吃了冷汤冷水般难受。他们请开元分析一下性质，开元也不说。秋女把杂面擀好了，开元就回去吃。秋女说："你坐家里吃吧。"说完招呼外面的人进来吃。人们说："一碗杂面嘛，咱吃得够够的，让开元吃。"秋女知道他们不会吃的，转身回来，对开元说："你尽管吃，就着菜。"

开元吃得分外香，分外满足，站在外面的人们却香不起来。那些已经在城里买了房子的还罢了，尤其那些没买房子的，甚至投了好多股的人，心里真是五味杂陈。艾名臣说这是不劳而获，人们就反问一句："自己的血汗钱，是不劳而获吗？"艾名臣说："我遗憾啊。"人们问："遗憾什么？"艾名臣说："遗憾自己不能像鲁迅先生那样弃医从文，改变你们的国民性。"人们大都知道鲁迅先生，但当他们听到这话的时候，开始笑话艾名臣了。你连自己的国民性都没改变，倒替我们操心了，忘了你是怎么回到南庄的吗？不就是因为一个看不上你的护士吗？要救人，先救了自己再说。

以前杏子河上那些天天信耶稣的人，期待着每天的粮食越吃越多。他们从不参加红白喜事，也期待着有朝一日获得耶稣的召唤能进入天堂，脱离苦难的人世。现在，他们不也拼命在城里买房子吗？哪里来的钱，还不是要下苦水？秋女给两个儿子先后买房子的钱，不就是两口子半辈子种苹果攒下来的吗？秋女两口子就没信耶稣，他们信自己，信自己的双手。

现在，人们想靠秋水发家，把回报来的钱用在房子上。只是人们期待的心有些乱，特别是开元对秋水的事一句分析都不给。有人问秋女："你为什么不再多投资一点？"怨气开始在秋女身上撒，秋女还是那句话："秋山借了我的钱，早晚也是要不回来，起码秋水给我折算了两股，我还得了两千块钱。我再哪里有钱，都投了，城里房子怎么买？"

秋女两口子的务实再一次引发了人们对秋水的不信任，秋水过去后换了电话号码，杏子河上和秋水过去的七八个人，成了替秋水传达信息的人。人们现在没办法和秋水对话，绕开了开元，和秋女吵，到最后都没能让开元表个态。有人将准备好入股的钱犹豫着揣进干瘪的口袋，可是这些钱也不够买房，甚至连首付也交不起。人们在入冬的杏子河上，看着山地上干枯的苹果树，感觉自己上当受骗了。只是不知道这当上的是不是真的，这就跟做梦一样的感觉。

已经在城里买了房子的还好，即使上当了，也不是大事。那些还没买房子的人，恨不得在开元的奥迪上砸一拳头。没有人敢那样做，甚至连靠近的勇气都没有，划一道一万块，这话像刀子一样刺戳着人们的心。人家怎么就这么有能耐有本事，现在要是秋水在，不知他在开元面前会是怎样的态度。如果秋水的生意是好的，为什么开元一分钱都不投资？找到这个依据后的人们，整个下午都在杏子河上像一群流亡的犯人，似乎染上了瘟疫。他们各自守护着自己，也在观望着他人。

有人挑衅开元："你们是亲戚，穿一条裤子。"开元并不恼，反倒笑嘻嘻的。秋女说："要是真传销，那些钱回不来，咱一起到南宁去，找见秋水，活剥了他。"人们七嘴八舌的："你舍得？动一根毫毛你也难受？"秋女说："真要是那样，我向理不向人！"秋女的话还是稍微安抚了人们的心，到时候杏子河上会倾巢出动。

整个杏子河上，只有桂春和艾名臣形成了孤单的统一战线。开元要把桂春带回城里去，桂春说："不敢坐你的奥迪，坐不起。"

开元说："为你服务是我的荣幸，还敢要车费？"桂春说："那更不敢坐了。"桂春没来秋女家，因为秋水的事，桂春阻止过大家，惹了人，不受待见。当时影响了大家赚钱的热情，现在人们反过来觉得桂春是对的，可是桂春心有芥蒂，害怕人们倒打一耙。

开元的奥迪发出"嗷嗷"的吼叫声开出了杏子河，人们的心好像一下子也被奥迪带走了。人们真想放下手中的农活去遥远的南宁找秋水当面质问，当初为啥没说效益的期限？甚至，秋水通过别人的表述，生意有赚就有赔，光赚的话，我自己一个人投资了，为什么还要拉着你们？人们将开元和秋水一比较，觉得秋水就是个骗子。当年他深藏不露，拐跑了紫霞，那时候就该把他当坏人。谁知他回来十几天，杏子河上的钱，却被他洗劫一空。

人们骂骂咧咧，因为开元的一次回来，人们更加害怕了。不过人们好无奈，还得按部就班去山地看果园，那才是每天要操心的事。秋女家的果园上了防雹网，花了代价，谁能知道后来人家的果子就卖了个好价钱，这就是开元说的远见。或许秋水嫌麻烦，不愿意在效益到来之前和人们理论。毕竟，成大事的人，都是能沉得住气的人。

人们这样一想，心里渐渐通透了。身体里也随之发出哗啦啦的响动，开阔了，舒坦了。就和杏子河入冬的溪水一样，混杂着冰块，能欢叫一番，就欢叫一番吧。

第
六
章

　　人们还是等不及遥不可及的效益，杏子河也跟着不自在了。无奈之下，人们开始说起了当年刘明山带头打砸关公庙的事。人们普遍认为，先人做了什么不该做的恶事，一定要在后人身上遭到报应。秋水骗了这么多自己人，不会遭报应吗？人在做天在看呢，早晚的事。

　　人们的诅咒声在杏子河上像迷药一样彼此亲近起来。秋女吓坏了，打电话给报春诉苦。报春说："都鬼迷心窍了，这时候怨恨上了？"说完还是觉得是自己人理亏，两个人只有在电话上叹气。人们也开始笑话满德父子了，还没回过神来，人家就闪得无影无踪。看看投资时候低三下四的样子，夺妻之恨都哪里去了？人啊，在金钱面前，都孙子一个。看看你们，要是真被骗了，就是新仇加旧恨。

南庄的太阳在冬季到来显得老态龙钟，阳光迟迟洒不到走马梁上。杏子河上投资的人也坐不住了，他们陆续来到南庄，在秋女家安坐下来，彼此问效益，啥时候会有效益。人们见不上秋水，见不上秋山，怨气都往秋女家泼来。秋女脾气好，觉得自家兄弟理亏，可是秋女一点办法都没有。秋水帮助秋山解决了杏子河上的债务，外面还有其他的债务，却不好解决。秋山回来也想沿用秋水的办法，却遭到了当头棒喝。

人们现在悔青了肠子，特别是秋山的债主们。鬼迷心窍了，都鬼迷心窍了。秋山欠的本金都入了股，等于是被变相的欺诈。秋山见情况不妙，一天也悄无声息跑到南宁去了。

秋女见杏子河上的人说什么的都有，自己着急了。秋女一夜之间仿佛成了瘟疫，人见人躲，背后不知挨了怎样的诅咒。秋女无奈，哭过后又给报春打电话。报春有些气呼呼地说："骂你几句还不该，谁让咱自己人犯了错。"秋女还是不理解传销的害处。报春说："把你的果园照看好，等消息吧。再怎么说冤有头债有主，怨气归怨气，又不是你犯法了。"那些联系不上秋山兄弟俩的人家，商量着用秋女的苹果抵债。秋女男人说："还改抢了？"自己操了扁担就要和人拼命。秋女说："那是故意激咱，你动手了，吃亏的是咱自己，忍着吧。"

有人终于等不住了，要报警。高桥镇派出所来人了，他们此前也有耳闻，只是要等找见秋水才可以定性，现在找不见人也没办法。杏子河上的人们绝望了，就算是诈骗、传销，也没有证据，因为都是口头约定。当时秋水就是列了一张入股的名单，没有具体收据。人们一筹莫展，和秋水一起过去的，再也拉不来杏子河上的股份，渐渐都换了号码，杳无音信了。

人们勒紧了裤腰带，希望还是在土地上。庄稼人不能异想天开，还是老先人说得对，靠本分。投机取巧的事，不是咱干的。稀里糊涂被一个秋水坑了一把，醒悟早的暂时放下了怨恨，醒悟迟的还在做着白日梦，等待着入股的效益。还有那些犹豫不决的，都想去南宁找秋水算账。他们不信秋水有脸骗他们，红口白牙的。人在做天在看啊，你老子刘明山在看着呢，你娘张凤兰也在看着呢，她尸骨未寒呢。

咒骂的话要多难听有多难听，绝望增长了庄稼人的愤怒。咒骂声从南庄出发，沿着杏子河一直跋山涉水，送到了遥远的南宁，送到了秋水的耳朵里。他的耳朵是不是在发烧，烧到听不见了。人们多少年都没这样诅咒过一个人了，要是见到他，就不诅咒了。人们的诅咒有太多的无奈，这种无奈让他们在卖苹果的大卡车来到的时候也在诉说着。他们安顿收购苹果的老板们，要是见到了秋水，一定把话原原本本地传给他。

话还没传呢，秋水竟然有消息了。

那些投资较大的，按第一次回扣的三分之一又给了一次返还。这次不叫返还，具体地讲就是效益。回扣是第一次，以后的参照回扣，叫效益，也叫分红。收到钱的人们一下子热泪盈眶，他们奔走相告。他们不相信秋水是那样的人，看看人家刘明山老支书吧，给南庄和杏子河上的人家做了多少好事。他的子弟们怎么会骗人呢？看看秋女就知道了，杏子河上最专业的苹果大户。秋女两口子骗过谁，都没和人红过脸。

前些天还挤兑过他们的人，现在感到羞愧，来给秋女两口子道歉，嘴里还要感激秋水呢。秋女喜极而泣，最担心的事没发生，秋水说到做到了。现在想想，是人们太着急了，才一两个月就压不住了，这还能成事？满德老子还给秋女说："你老子做了多少好事啊，别人怎么能忘记了。没有他，杏子河上多少人家还能有个后？那时候，计划生育吃紧，就咱杏子河上的婆姨们到高桥镇都是做了假结扎手术。说到底，是你老子，保住了杏子河上的血脉啊。"

秋女何尝不记得，只是这些好事不好说出来，毕竟是违反国家政策的事。现在连满德父子也不记恨秋水了，秋女开心极了。秋女想起秋山在满德家院子里愿意替自己的兄弟受过，心里暖暖的。虽然秋山落魄成那样子，可是骨气还在，老刘家的骨气还在，父亲刘明山的影响还在。

艾名臣肺里呼噜呼噜，他挡住了那些再次准备汇款的人："死人啊，死人，你们这些作死的人！羊毛出在羊身上的道理，不懂吗？"他几乎要跪下了："你们后悔死都不知道是怎么死的，再这样下去真的要死人了。严支书也不例外，你们都疯了，疯了！"

艾名臣一直是个不爱说话的人，可是在最后时刻，在他病入膏肓的时候，这个七十多岁的老大夫，用嘶哑的声音劝阻着那些鬼迷心窍的人。人们不知道真理往往是掌握在少数人手里的道理，严支书知道，但严支书也鬼迷心窍了。艾名臣骂道："你把马克思理论学到屁股里了？你怎么不知道真理都掌握在少数人手里？连你也跟着投资，你不怕我告你去？羞先人啊，先人都被你们羞死了。"

人们的情绪被重新调动起来，换作过去，人们看见艾名臣这样会动摇。可是现在，人们都打了鸡血，亢奋得一往无前，谁会理会这个老疯子的话。你自己不投资，还阻挡别人的财路，看看吧，多投多得。再看看吧，那些投资最小的，还要等效益。满德父子也等不及了，他们还要和秋水联系，让秋水格外关照一下，特殊对待一下。毕竟，毕竟啊，还有这一层特殊的关系嘛。

杏子河上再一次亢奋后，加重了艾名臣的病情。这个五十年坚守在杏子河上的大夫，现在不行了。一个人说不行就不行了，还是个大夫。他自己也说自己得了死病，看来是不能治疗了。儿女们还是希望他去城里的安澜医院，让仪器好好给照一照，他自己坚定地拒绝了。人的身体早晚都会有长短，活多久能有个够？该走的时候走得体面一些。所以他沉默了几天，肺里也听不见呼噜。一天清晨，撒手人寰了。

这一天下午，店里顾客稀稀拉拉。报春摘下口罩，迷糊了一下，梦见了自己的老子崔秀录，还梦见了姨父刘明山，梦见他们打砸关公庙的情景。报春醒来，惊出一身汗。看表最多也就是睡了五分钟。这一觉似乎很长，报春见小环在按计算器，那么尖脆的叫声竟然没惊醒自己，反倒睡得那么香。南庄的事，小环肯定没感触。虽然是南庄的媳妇，但毕竟不是南庄的人，结婚后也一直在城里。

报春擦干头上的冷汗，有些自嘲，多梦不就是肾虚吗？梦有什么，梦和现实是反着的。年前，桂春打电话来说艾名臣去世的事，报春本想回去送一下，忙到跟前就没顾上，多少有些遗憾。毕竟在杏子河上，大家都念艾名臣的好，几乎给所有人都瞧过病。现在他一死，靠桂春的热情难。现在的人啥都吃，病也复杂。报春觉得艾名臣一死，杏子河上的人们有恐慌也是正常反应。

艾名臣去世后，杏子河上那些在外面生活的人，不约而同地回来奔丧了。人们聚在杏子河上，和过去一样，也和过去不一样。秋女说："看到杏子河上的人又开始往回走了，过去的事，就像昨天发生的一样。"

年过了，吃饱喝足的人们表面上懒懒的。一转眼，就到了二月，庄稼人又开始忙碌了。苹果早就修剪了，接下来要施肥、打药。他们像护理自己的孩子一样护理着山地上的果园。秋女家也那样忙碌，起了模范带头作用的两口子，又是去镇上开会，又是到几个村庄示范自己的苹果培养经验。

交流会上的秋女有些羞涩，秋女男人却性格开朗。两口子去高桥镇学果树技术，回来给庄里人传授。现在都提倡有机肥，秋女一时不好意思解释什么是有机肥。秋女男人说："什么是有机肥呢，具体地说，凡是从屁股里屙出来的，都算有机肥……"秋女男人比秋女显年轻，说到这里，有点意气风发的样子。每次从镇上学习回来，两口子都感到体面，这让秋女坚定了不去城里的信念。秋女总说自己就是孩子们的大后方，这辈子不离开南庄，不离开杏子河，秋女做到了。

秋女公公的病情突然加重，导致秋女家乱了。不几天，病得奄奄一息。桂春作为大夫束手无策，秋女的大伯子也是同样的情况。秋女的大嫂急坏了，一直眼红秋女好光景的大嫂和秋女多年来的不愉快瞬间放下来。秋女虽然没离开南庄，也没念过几天书，但秋女是个通情达理的人。秋女男人和他的兄弟间几乎不来往，外人根本看不出他们是兄弟，秋女对这些不和睦感到疲惫和没有意义。

人就是这么回事，争过来争过去有啥意思呢？秋女记得父亲刘明山在世时候常常说的那句话："争名逐利一场空。"秋女不觉得这是父亲故意表现的高尚，就是觉得争夺是最没意思的事。公公被人认为是财主的后人，到底有多少老底，这是秘密，也不是秘密。实际情况和人们猜测的出入不会太大，杏子河上的人说公公家当年在杏子河的方圆几十里收租，家里除了秋女两口子最好说话，其他人为这事不知争吵了多少年。

现在公公病了，大伯子也病了。秋女记得公公发病是在正月，原以为肉吃多了，每天还抽烟，喘得厉害，身体明显瘦下来。城里的医院有熟人，是公公的朋友沈大夫。沈大夫也没好办法，就让出院了。桂春知道自己的医术有限，自然也看不出端倪，只是专业性地问几句，探讨几句。公公就说身上没力气，手抓不住筷子，一点办法都没有。

大伯子病危是在公公死后，沈大夫依旧吃不清，也没建议转院。得了死病，再好的医生也没有用。大伯子和公公的病竟然一样，到最后脸色漆黑，勉强到外地的大医院看了一圈，最后还是辗转回来。为了安慰自己，想多活几年，毕竟还年轻，又去城里找了沈大夫。沈大夫虽然束手无策，不过给出了惊人的结论，父子俩得的是同一种病，并且排除了遗传的可能。

于是婆婆脱口而出："下蛊，下蛊了！"秋女听得惊出一身冷汗。家里相继死了两个男人，不要说婆婆了，就是秋女也觉得天塌了。只有大嫂不急不躁，反倒比过去沉稳许多。沈大夫拿着病情报告去报了案，一直追查下来，高桥镇派出所的人来了几回，也是没有下文。人们认为是造谣，事情就这样算是结束了。

秋女却一下子病倒了，感觉身体被掏空，完全轻飘飘地浮在空中，再也不是自己的了。躺在炕上的秋女又想起了父亲刘明山，好像他还在，种种过往历历在目。秋女睡魇，感觉自己就在寨子山上的关公庙外面，还有报春。杏子河就像一条水蛇一样，隐隐约约，让秋女惊出一身冷汗。

艾名臣要是在，公公或许还有机会，毕竟他让很多人大医院回来都起死回生过。大医院治不了的，他都给治过。或许真是死病？秋女心里挽了疙瘩，不管杏子河上的人怎么说，公家的结论是应该信任的。下蛊肯定是造谣，肯定的！秋女不敢多想，因为公公那传说的老底，到底谁在惦记？良心话，自己从来就没想过什么金银财宝。谁给谁下蛊？谁？秋女不寒而栗，疑神疑鬼了几天。秋女耐心观察着几个妯娌的表情，一点都没看出什么不对劲。只是在高桥镇的派出所调查的时候，她们哭得一个比一个凶，那种无辜的表情让人心疼又反感。

秋女家的事就像一面锅盖，里面做了啥饭，揭开之前谁也不知道。其实明白人都知道是怎么回事，下蛊不至于，可是秋女的大嫂最后还是被带走了。她用了一种慢性毒药，下到了公公的饭碗里。那天公公吃了一半，丈夫回来吃了另一半。

杏子河一下子断流了，世上还有这样的事，听起来太瘆人。以前听说书的张俊功那么说过，这样的案子，也只有包文正在世才能破。秋女的大嫂被架上警车的时候，她镇定自若的神态惹怒了杏子河上的人们。人们一起骂道，知人知面不知心啊。人们不想把这事再升华，但是这事毕竟发生了。危险就在自己身边，每次提起这事的时候都是戛然而止，似乎就是一个地雷，没人愿意再碰了。

杏子河是怎么了？自从艾名臣死后，接连死了两个人，还是父子俩。再接着，人们听见生活在城里的潇洒帅气的常整平也死了。早些年常整平和家人一起去了城里，很少回来，他们或许早就把杏子河遗忘了。现在他死了，人们蓦地记起了他。人们现在觉得，从来就没把他当成城里人，他就是杏子河上的人，就是南庄的人。人们觉得他还是个后生，因为他离开南庄的时候，是一个后生。

春天到来，杏子河一如既往的干涸。人们一下子着急了，一种恐慌感弥漫着杏子河。人们的话少了，去年就没下雪，记忆中很少有这样的情况。博古通今的赵老师说："地球变暖了。"又说："环境破坏了。你们看，这几年治理杏子河流域，要植树造林，再不这样，地球就完了。"

人们觉得地球距离自己太遥远，哪里变暖了？电视上看到北极熊漂浮在水上，那里最冷了，却也是这样了，这就是地球变暖了吧。但是地球变暖和杏子河有什么关系？和南庄下不下雨有什么关系？人们对赵老师的结论持否定态度。

报春忍不住给桂春打电话，桂春在电话那头懒懒的。报春问："你还好吧？"桂春说："好着。"报春说："秋女姐家里怎样了？我打算回家一趟。"桂春说："不敢说好，家里出事后秋女姐精神有点反常，发呆。"报春心里说了句可怜，半天又没话。报春其实是想回去给她老子和姨父上坟，报春迷信，每次梦见死去的老人都要去上坟。桂春猜出来了，问："又做什么怪梦了？"报春说："梦见姨父了。"桂春说："姨父和艾大夫，这两个人，谁梦见都该给上坟，他们是杏子河上的灵魂。"报春说："你快别说灵魂了，你一说我就更紧张。"

秋女公公和大伯子相继去世，报春觉得是冷事，但不是秋女个人的家事，于是也没回去。这一下两下的都没回去，报春就懒了，好像一下子就和杏子河断了关系。现在，报春梦见了关公庙的事，想立马回去了。

恰好遇上安澜街在大扫除，从来没这么彻底和坚决，整个街道都在清理垃圾。以前总是扯皮，各自为政，这次形势不一样了。人们把贴小广告的人抓起来游街，所有饭馆取消供应餐巾纸。以前哪里不干净，都是电视上曝光，曝光了才好处理。这么大个城市，靠曝光也不是办法，所以城里的卫生一直就没解决好。

现在不一样了，哪里有问题，主动找记者曝光。上班的干部们也亲自捡垃圾，经费不够用，又发动商户们捐款。报春想也没想就赞助了两万块，春来早又受到了表彰，加上前两年汶川地震的十万块捐款，声誉更大了。人们都说报春不是一般女人，不是一般生意人，当了妇女代表，现在又让当人大代表了。

报春脸上有光，春来早忙起来，报春就把回南庄上坟的事给忘记了。报春认识的人多了，得到消息，从明年起，所有单位一律要考试进人，眼下个别单位可以特殊进人。关春家的孩子下学期大四，明年才毕业，不知能不能赶上最后一趟。报春找了熟人，人家一口否定了，说："你是要砸我饭碗啊，此一时彼一时，你的孩子都安排好了，你能耐大，谁都想给安排？"报春碰了一鼻子灰，并不敢和关春说。

关春也得到了一些社会上的小道消息，又成了热锅上的蚂蚁，死缠着报春。报春见关春这样，安慰道："都给你打听过了，毕业后自己好好参加招聘考试。"关春说："没后门怎么能考得上？"报春说："高考怎么考上的，你走谁的后门了？"关春哑然，后来又说："你看看，人家那么多人都在找人想办法，就咱没人。"报春不想让关春难过，就说："以前不考试有不考试的理由，谁进去是谁的本事，也是命运。再说都是大学生，谁进去也不违法。"小环说："好好考，自己考进去才是真本事。"

关春说："其他人不找人我也不找人，大家每天都在谈论谁家找了谁。人家都有后台，大姐，你给两个外甥安排工作到底找了谁？"报春一听厉色道："你的两个外甥学得都好，上的也是好大学，回来有单位空编就进去了。我找了谁，这靠找人能顶事？找人能顶事，我也不开这饭馆了，花钱给我也找个工作。"关春觉得自己失口了，肩膀耸了耸，不再说话。倒是小环转移了话题。不久前宝瓶也放出来了，回春来早当了厨师，又能做面又能烤肉。报春说："你看看小环两口子，干什么不是人干的，难道就要有个工作吗？现在明说了岗少人多，自己先给自己上紧箍咒。等回来考，考不上再说。才多大，慢慢来，都是这样，不是谁家一家。"

报春理解关春的愁肠，知道关春自小的观念。以前关春会说自己是站着说话腰不疼，换位思考一下，报春何尝不理解关春。现在和过去不一样，过去的女人家，只要稍微不难看，就不愁嫁。现在的女孩子好容易上个大学，出来如果没个合适的好工作，立足都难，找婆家更是高不成低不就。关春一直好面子，这点和自己和桂春不一样。换了关春，不会像桂春那样离了婚回南庄，不会这么沉住气住下来。关春被报春将了一军，以后再也不和报春探讨走后门给孩子们找工作的事。报春放下心来，安慰关春："孩子们将来需要钱，从我这里拿，不要和别人张口。"

开元这一年一直在油井一线，回不来。报春也没办法给他擀面了，经常打电话过去。开元焦躁，嘴里说忙着忙着就挂了电话。报春失落了，感觉浑身哪里都不舒服，难道真的更年期了？报春不敢和小环说，两个儿子单位忙，也不谈婚论嫁。报春打电话催，他们也是敷衍了事。报春无所适从，出来看看广场舞，也觉得没意思。

宝瓶和小环，还是和过去那样嘻嘻哈哈。下班后小环总是追着宝瓶，嘴里叫一声狗日的。报春问："小环你多大了？"小环说："三十几"。报春说："不小了。"小环说："快四十。"报春说："你哪里来的那股子劲，一天在一个店里，不厌烦？"小环意识到了报春的话，不好意思地说："大姐以前不也这样吗？"报春说："你瞎说，我以前也不是这样，没你疯。"小环笑了，说："大姐是嫉妒我。"报春说："呸！"

虽然不再和报春探讨孩子们的前途，但关春话少了，喊了几天腰疼。报春说："去安澜医院看看，是不是站多了站久了？你不适应，和我不一样。我站了二十几年，铁打的腰。"关春说："你能站我也能站，就是站一天汗珠子也下来了。"报春赶紧要小环一个人照看，自己陪关春去医院，到医院却又不疼了。

接连几天，关春兴致不高，索性就不来春来早上班了。报春说："你休养好再来。"小环对报春说："大姐你糊涂了，三姐早不愿意干了，心思都不在这里。还是老毛病，愁她四朵金花的工作。就二朵好大学，其他三个你也知道，出来怕连考试的机会都没有。嘴上说不愁，那是假的，腰疼可能是真的，也可能是借口。不想来了，出去活动关系。我们邻居，据说都卖了一套房子准备给孩子安排工作，这行情！"

小环夸张地吐吐舌头，又说："我倒好，两个不争气的，早

早社会上自食其力了。除了房子，不会给他们愁工作的事。现在
这情况，真能把娘老子愁死。不上学不行，上出来都挤破头进公
家门。公家哪里来的那么多饭碗，所以现在社会上叫抢工作，买
工作，比高考过独木桥难得多。"报春说："你都一套一套了。"
小环说："你不知道，我家邻居，见人就是这些话，我早背熟了。
最难过的，是提上猪头找不见庙门呢，哪里都像大姐这样，两个
孩子都进了好单位。"又问："真的没找人？"报春说："没。"说
完若有所思。小环说："对我也没真话？"

报春正色道："没就没，难道人人都靠后门？"小环说："急
眼了吧？没就没，急什么？社会上人都说大姐安排孩子也花了不
少，大概花了两套房子的钱。"报春说："你信社会上人的，你去
信，干吗要问我？我给你一百个答案，你要哪个？"小环哈哈笑
起来，说大姐这话很有特点。报春说："什么特点？"小环说：
"像一个人的口气。"报春瞪着小环问："谁？"小环说："李元芳。"

不管怎么说，报春都觉得自己的两个儿子很优秀，根本不再
提起前两年怎么找工作的事。报春说得也有道理，嘴长在别人脑
袋上，想说什么尽管去说。孩子们就是靠自己的真本事，没真本
事，给你一个好单位也是受气包。工作拿不下来，谁瞧得起你？
报春也不再和别人说自己有三套房子的事，说到底就是一个窝，
劳累一天的港湾。虽然这个港湾只有自己一人，三个男人各自忙。
又想起关春，想打个电话过去，关机了。报春觉得那天说的话太

绝，伤了关春。第二天再打，还是关机状态。报春想过去看看，店里一阵忙，又给忘记了。

关春的确是在家休养了一阵子，手机关机，只是在给四朵金花打电话时才开机。看到了报春发来的信息，关春半天呆着，回复过去一句"好着"，就关机了。关春感到枯燥，想和来望去工地上学粉刷。来望说："你疯了，过去我亲自干，现在是包活，组织工人干。我都甩手掌柜了，你还要学？你没吃的还是没喝的？"来望要关春好好保养，不几年就当外婆了，有个好身体还要带外孙呢。来望说这些的时候很开心，关春却懒懒的，一点兴致都没有。来望又说："你去跳广场舞，和城里的女人们那样，你看人家活得多自在。"关春似乎被什么猛地击中了，说困了，拉了被子就睡。

关春现在最想自己的二姐桂春，二姐当年就是自费上了个卫校。要是不上，原原本本和自己一样是个农民，就不会高不成低不就。因为不是国家干部，找对象后也是依附于人家，一直低人一等。热情劲过了就分道扬镳了，怎么都黏合不起来。假如她和自己一样，怎么会有感情问题。即使和大姐一样，也不会有问题。开元再折腾，也不会甩掉大姐。再能折腾，有工作的女人也不会和他怎样，和他结婚就更不可能。这是什么，就是身份问题。身份不对等，不管你怎么争辩，这都是现实。关春现在一心想让四朵金花扬眉吐气，可眼前的现实，三个上的那些大学，出来就业肯定难，甚至连招聘报名的机会都没有。一眼看到底的事，不信走着瞧。可是走着瞧，难过的是自己。别人呢，只会看你的笑话。

活生生的例子就在身边，大学毕业没工作，耽误了多少人的终身大事。安澜街上的人都说："没工作的免谈，有了工作再说。"这话大家都知道，刺戳着关春的心。关春想回一趟南庄，就是二姐常说的回杏子河。关春对回杏子河没什么概念，回去就是回南庄。杏子河是一条河，河上散落着四五个村庄，那不是自己要回的，只有南庄才是自己的家。关春和来望来了个不辞而别，从乃龄的班车下来，沿着杏子河走进去。奇怪的是，关春第一次感受到了桂春说的杏子河。杏子河不再是一条河流，而是和南庄一样的归宿。这么多年都一直没注意，原来沿着河流行走是这样的感觉。

河上徐徐吹来一阵阵凉风，关春有点舍不得加快脚步。也就十多里路，不忍心一下子走完呢。越走越有感受，关春现在终于明白读书的好处。可惜自己没读过书，大字没认得几个，遗憾的心情让关春禁不住热泪滚滚。四十多岁的女人，第一次沿着杏子河这样漫无目的地往南庄走，这种心情从来就没有体验过。关春怕别人看见，赶紧用袖子擦了把眼泪。身体里哗啦啦的，和杏子河的流水一样。它们汇流在一起，让关春心里有了期待。读书，读书就是好啊。

秋女依旧病恹恹的，家里出了这样的冷事，虽然杏子河上的人没人会主动说起这些事，但是人家那眼神，什么都不用说了。嘴上都是安慰，眼神里全是嫌弃和怨恨。你家大嫂子那样做，不就是为了钱吗？不就是为了给你弟弟秋水投资吗？秋女现在真正意识到了事情的严重性，所以接二连三的事打垮了秋女。两个不争气的弟弟啊，这么不让人安生。秋女去她父亲刘明山的坟上哭了几次，诉说着秋山秋水的不是，祈求地下的父亲让他们走上正路。秋女哭完，累得要坐下来。现在的杏子河上，越来越让人压抑了。山岗上的风吹乱了秋女的头发，秋女感觉轻松了许多。

知道关春要回来，秋女的身体好像一下子好起来，气色也转变了。坐起来洗把脸，从仓库的面缸里舀出来豌豆杂面，要给关春擀杂面。

秋女又叫桂春来，桂春就来了，帮秋女做饭，拉风箱。秋女说："昨晚梦见喜鹊了。"桂春说："你是编的吧，知道关春要回来。"秋女说："不是编的，是隐隐约约梦见了，就是你们文化人说的那个意思。"桂春说："我还文化人了？"秋女说："你不要自卑，比起我们，你还不够文化人？"桂春哧哧笑出来，说："你说的是心有灵犀吧？"秋女说："是是是，你看有文化多好。我们急死说不出来，你一下就说明白了，这就是有文化和没文化的区别。"

桂春说："你这话才叫文化呢。"秋女被逗笑，案板上发出咚咚的欢叫声。杂面擀得又薄又透,秋女说:"家里有酒。"桂春说:"你还喝酒啊?"秋女说:"没喝过,喝了试试。男人们都那么爱喝,那样难受还喝,咱也试试?"桂春说:"好啊,什么酒?"秋女说:"你姐夫说,粮食酒,自己酿的。不掺酒精,劲大,但是喝了头不疼。"桂春不置可否,想起自己过去借酒浇愁,现在都觉得羞愧。

关春终于走进了南庄,有些不舍地往后看看。杏子河被甩在了身后,关春见人都打招呼,心情一下子好起来。关春要告诉桂春一个秘密,一个让人开心愉悦的秘密。吃饭后关春喊肚子胀,吃得太多。秋女说:"吃饱了,还要喝酒呢。"关春惊道:"你疯了,城里的女人才喝酒。咱南庄的女人喝酒,不被骂死去的娘老子啊?"秋女说:"想喝了,又不犯法。"关春说:"是不犯法,但是犯世人的脸色和唾沫星子。"秋女说:"都老了还怕啥?"关春见桂春不说话,笑眯眯的,就说:"那就喝,你们不怕我还怕?"

秋女拿出家里藏的那壶高粱酒,是附近孙岔的一个小酒坊自酿的,方圆十几里都有名气。秋女说:"好东西,不能光好活了男人们,咱今天开洋荤,喝醉。"关春说:"你躺了一段时间,浪了。"秋女说:"想开了都不是事,我主要还是想招待你们姊妹俩。"关春说:"是咱姊妹仁。"说话中三个人就开始喝上了。因为不知道自己的酒量,也不知道该怎么喝,下口也深,一会儿都飘飘欲仙了。

三个女人发出了各自不同的笑声，这笑声发自她们各自的肺腑。她们讲起过去的事，那些该说的不该说的，在酒劲来到后一起不约而同倒出来。这时候，她们再也不担心什么面子问题了，酒真是好东西。三个人的笑声此起彼伏，让南庄的人们摸不着头脑。关春说城里女人经常这样，以前讨厌人家，现在明白是自己没喝过，喝过了才不能怪人家。

桂春虽然自矜，不过还是喝得不省人事。第二天一早，三个人才醒来，家里一点喝酒的痕迹都没有。秋女男人说："你们就是话长了，但是收拾家一点都不含糊，和平时一样。"秋女说："可就是不记得了，不骗你。"秋女男人说："看看吧，以前常说我喝醉装，说我好好的人怎么就醉了。现在看看自己，没装吧？"

秋女一头雾水，桂春就说："是靠着潜意识。"秋女愣愣的，说："啥是潜意识？你知道潜意识，你不也早早和我们一样醉了吗？你的潜意识失灵了？"桂春说："是的，失灵了，以后得提前有意识才行。"秋女说："不过还好，喝了酒心情畅快。"桂春说："憋着就会出问题，所以这就是酒的好处，让人释放情绪。"秋女说："今晚再喝。"关春一听，捂住嘴往外面的厕所跑，头一天没吐，第二天肠子都吐出来了。秋女把喝酒的事给报春打电话说了，笑得停不下来。

报春说："你们喝酒也不叫上我，看来还是你们三个好啊。"

秋女说："你大忙人，你要是回来，我高粱酒管够。"桂春凑近电话说："杏子河上的人都知道我们喝酒的事了。"报春嗔道："你带的好头。"小环知道报春在接秋女的电话，说："还是老家好，回到老家才觉得自己是个人了。"小环现在也理解桂春，说："二姐不愧读过书的人，拿得起放得下，虽然……"小环没说出来。

小环还说："一般男人都做不到，世俗的眼光能杀人。谁能像二姐那样，把世俗的眼光反杀掉，那才是真的巾帼不让须眉了。"

第
七
章

　　关春返回城里的时候，依旧是自己沿着杏子河往出走。回来时候的那种感觉依然在胸口荡漾，都有一种不吐不快的意思了。怎么吐出来才舒畅？嗓子痒痒的，想发出一种声音来。回来的时候没有发，现在是不是有点迟？关春有点犹豫不决。自酿高粱酒的余味还在，打嗝上来还是那股浓重的味道。那种味道越来越重，迫使关春清理了一下嗓子，发出了连自己都想不到的声音来。

　　那声音好陌生，那声音只有小时候发过，现在又发出来，感觉是不一样的。但是，有一种东西却没变过。在自己还是姑娘家的时候，和家人曾在外面亲戚家的村庄住过一段时间。那时候，自己的老子崔秀录穷得叮当响，带着几个孩子投靠自己的亲戚。那地方叫舍科，人人都会唱陕北民歌。

时隔多年以后，关春在以前不理解的杏子河上，莫名其妙地唱起了陕北民歌。"走头头的那个骡子哟……三月里桃花花开，妹妹你走过来。蓝袄袄那个红鞋鞋，站到哥哥跟前前来……"关春唱到兴致上来，什么也不管不顾了。声音悠扬也生涩，脚步悠然也仓促。关春生怕走得快了，十几里的路，关春几乎把能唱的陕北民歌都唱了一遍。有些拿捏得好，反复唱几遍，自己唱得都要感动自己了。

眼看要走出杏子河了，关春有些遗憾地把唱得最好的认认真真地又唱了一遍，自己竟哭得稀里哗啦。到最后，关春放开嗓子叫道："我要……我要上《梦想舞台》！我要上《梦想舞台》……"

人们都说靠文艺吃饭太难，可是，文艺这东西却是一把火，点燃了关春心底里最渴望的东西。几年来，每期《梦想舞台》关春都很关注，就像很多人喜欢看《新闻联播》一样，已经是生活习惯的一部分了，落一期就觉得哪里不对劲。关春好像一下子年轻了十岁，甚至二十岁，暂时忘记了自己家庭妇女的身份，角色一下子转换成了明星。关春下决心要好好唱歌，并且有了一些经验。比如，那些最后能大红大紫的，都是坚持唱自己的歌，唱自己熟悉的歌，唱自己生长时候最喜欢唱的歌。有些人一开始唱家乡的歌，后来啥歌都唱，唱着唱着就唱滥了，被刷下来了。

关春无师自通，决定就在陕北民歌上下功夫。回到城里关春哪里也不去了，闭门在家练唱歌，觉得那些获奖的，都未必有自己唱得好。只是自己没机会没门道，不知该怎样报名参加《梦想舞台》的海选。通过陕北民歌，关春一下子和过去的自己对接上了，和出嫁前客居在舍科的自己对接上了。愉悦而兴奋，从头到脚，状态瞬间都改变了。

人一旦头脑发热，就找不见北了。关春把陕北民歌挨个练习过去，还要才艺，选什么才艺呢？就是打腰鼓。以前打腰鼓是男人们的事，后来女人们也打。关春从城里的旅游景区买回来了不太地道的腰鼓，一个人关在家里，凭着过去的记忆，又一次无师自通了。关春打起了腰鼓，仿佛已经走上了《梦想舞台》的舞台，开口的陕北民歌惊艳了北京城，惊艳了全国的观众朋友。第一轮上去了，亲友团尖叫着自己的名字，一个土里土气的名字。但是，在那种场合被叫出来，立马就会脱胎换骨。

关春虽然没念过书，不会和桂春那样多愁善感。甚至一开口，别人就知道她没念过书。但是关春也知道基因，或许自己真的遗传了娘老子的基因。如果不是，那么在舍科那几年，在正月里闹秧歌的时候，自己唱的陕北民歌总是被舍科的人们赞不绝口，不正是最早显现出来的苗头吗？舍科的人都会唱陕北民歌，但是唱得最好的，却是外来户的自己。关春不敢停下来，练歌，练打腰鼓。还有，才艺，比如绣花，自己也会绣花。于是，关春唱起了陕北民歌《绣荷包》。

人们都知道关春的理想是什么了。有人讥笑，有人肯定。对于这些，关春都毫不在意。不记得是谁说过一句话："走自己的路，让别人说去吧。"在关春看来，不试怎么知道呢？起码听过自己唱歌的人都对自己持肯定态度，是看好的，这就够了。不几天，报春知道了，小环也知道了。关春备战《梦想舞台》这个事情就像插了翅膀，一直飞到杏子河上，飞到南庄。庄稼人再一次被惊呆了，庄稼人都喜欢看《梦想舞台》，可是自己身边的人要上去唱，一下子还是反应不过来。

成名绝对是一把双刃剑，让你披荆斩棘，也让你遍体鳞伤。还没有走出第一步，一切还都在幻想中，就开始被人揭老底了。因为关春的反常举动，让人们不由得想起了当年她老子崔秀录带着一家人流浪的情景。崔秀录游手好闲，居无定所，四处投靠人。当年离开南庄时候的恓惶样子，被重新挖掘出来，成了人们笑话关春行为的依据。不过崔秀录毕竟是崔秀录，当年即使是流浪，当他带着一家四个女人走上走马梁，向着亲戚家舍科进发的时候，还是忍不住亮了一嗓子。

一无所有的人，才可以放开拦羊的嗓子，哪个务实本分的庄稼人好意思开口唱歌？关春开始折腾了，眼看着四个女儿都要大学毕业，不好好给她们想前途，自己却先浪起来。现在的问题是，人还没去北京呢，自己已经把自己当明星了。于是，自然而然地，关春家的老底被杏子河上的人们轮流嚼起来。人们虽然也一直纠结着秋水的事，纠结着自己会得到多少好处和失去多少血汗钱，但人们也可以一心二用，开始议论关春的行为了，要等着看笑话呢。

来医务室的人闭口不提关春要上《梦想舞台》的事，这样比他们在背后议论还要让桂春觉得尴尬。有人买完药，会像看见陌生人似的看着桂春。桂春知道他们的意思，可又不好意思问，只能就那么僵持着。也有着急的人，问桂春："关春要上《梦想舞台》了，你不知道？"桂春不想理论，就说："知道。"又问："知道怎么还稳稳的，也不劝一下。被骗了怎么办，听说有被骗的。"桂春不痛不痒地说："被骗了自己就收敛了，省得费口舌瞎操心。"

春来早下午不忙的间隙，报春就想迷糊。小环精神好，打几个哈欠就算迷糊了，也是问报春："三姐的文艺热情被激发出来了，可能以前就有，没遇上机会。"报春换了个姿势不理小环，装睡。小环知道报春着急，只是不想流露出来，心里在说关春瞎折腾。小环是想自己打开报春的话匣子，报春就是懒懒的。小环说："这要海选呢，大海里选，你说有多难啊。三姐这股劲，从哪里来的？"报春忍不住，说："从娘胎里。"小环倒不笑，一本正经地说："大姐怎么不一样？"报春说："你不知道吗？一娘生九种呢。"

报春现在后悔，是不是关于孩子们找工作的事，无心刺激了关春，导致她把注意力和精力突然转到了唱歌上。唱歌就唱歌，还要上什么《梦想舞台》。想打电话说说，又觉得这是多此一举了。毕竟都是成年人了，瞎操心只能让她更反感。看现在这劲头，怕是谁也劝说不下。问题是来望也支持，来望虽然不会唱歌，但是听着觉得哪里不对劲的时候，会给关春提出来。唱得无聊了，关春就想到了杏子河。

想起秋女家的那次喝酒，那种满足感，那种昏天黑地，以及醒来后的回味无穷。四十几年了，第一次有了那种感觉，都在关春的血液里来回冲击，像海浪一样，一波又一波。兴奋让关春的大脑强行遮蔽了孩子们毕业出来后的工作去向，那些问题仿佛已经很遥远了，安静地躺在一个不知名的角落，一时间都不愿去想了。儿孙自有儿孙福，就拿这话暂时麻痹自己吧。眼下，还是要好好练唱歌。关春把这个想法直接带回了杏子河上，带回了南庄。关春说自己要回来，特意安顿要喝酒。秋女说："酒有呢，你姐夫后来胃不好，不喝了。酒还是那么多，等你回来喝。"

那些陕北民歌都在关春的肚子里，一首首排列出来。她不能像有文化的人那样干什么都首先在纸上写出方案，然后按部就班。那些东西排列在自己的肚子里，随时会根据自己的需要跳出来。它们也像个听话的孩子，像个训练有素的军人，用完了，都会自觉地回到自己的位置上去。

杏子河欢快地流淌着，在艾名臣去世后断流半年的杏子河，又和过去一样欢天喜地。一茬一茬的人生出来，又一茬一茬的像河水一样流逝，河流最后有可能流到大海里，但是大多数都是半道夭折。关春没见过大海，只是在上学时候，在课本上见过蔚蓝色的大海的照片。大海一片汪洋，海浪是那样波澜不惊。当然也看到了大海的波涛汹涌，就是老师嘴里的哪吒闹海，后来在电视上见过那阵势。

现在的杏子河这样乖顺，让关春感到温馨，这种感觉也让人心平气和。肚子里排列的歌曲要一个个往出跳，一个个来，别急，即使它们跃跃欲试，也要看自己的状态。还是先唱《赶牲灵》吧，不知道为什么，关春觉得在陕北民歌里，早些时候的经典，现在的新陕北民歌，都没有这首《赶牲灵》唱得好，那么让人失魂落魄。就像自己的丈夫来望真的出去见不上那样，要问问同样是脚夫的陌路人，我的丈夫在哪里，谁见到他了。女人没个男人，要有多凄凉。关春想不通二姐桂春的心态，换作自己，万万做不到。

大致计划了一下，走慢点回去，要一个多小时。一首一首来，时间上是够。沿着杏子河，关春开口唱了。没有羞赧，没有拘谨，就当过路人是观众吧，又不是什么丢人的事。关春打开了自己的身体，也就打开了自己的歌喉："走头头的那个骡子哟，三盏盏的那个灯，哎哟你不是我的哥哥哟，走你的那个路。"

唱《赶牲灵》后意犹未尽，关春还是满含感情唱起了《绣荷包》："初一到十五，十五的月儿高。那春风摆动，杨呀杨柳梢。"

关春唱起《绣荷包》，仿佛又回到了她老子崔秀录带着她们，在黑漆漆的山路上行走投亲靠友的那些流离失所的日子里。关春唱出了自己当年的心声，当年虽然那样落魄，但还是觉得快乐。一家人在一起，即使那样不争气的老子，也是一种依靠，作为姑娘家的姊妹们也就不那么凄凉。现在这个年龄，孩子们大了，丈夫也能挣钱养家。重新唱起来的时候，关春竟然泪流满面了，真不敢想象当时是怎么过来的。"初一到十五，十五的月儿高……"关春嗓子充满了哀戚，却悠扬起来。

沿着杏子河，关春的歌喉一点都不累，越唱越来劲，停不下来了。过路的人都看着关春，没人打扰她，没人和她打招呼。有些人认识，有些人不认识，他们和关春形成了一种默契。直到看见了南庄，关春才停下轻快的脚步。心想，这么快就到了。南庄的人都知道关春回来了，南庄的人也在思忖，关春是不是疯了。

有经验的人会相互看一眼，再看一眼不远处的关春，得到对方诡秘的微笑，然后他们心照不宣——关春确定是疯了。城里有什么好，女人们都被带坏了。城里也好，报春就没被带坏，人们还是觉得矛盾重重。关春的歌声把关春带回了南庄，平时爱唱歌的田野红和田野亮兄弟俩，都被关春感染了。他们站在打谷场上，用同样的陕北民歌迎接关春的到来。

桂春缺席了这次酒局，倒是田野红和田野亮兄弟俩和关春心有灵犀。他们主动来到了秋女家，只是他们从来不喝酒。他们要和关春探讨一下陕北民歌的真正价值，为什么土气的陕北民歌，这几年一下子被带火了？被别人唱火了，咱们再唱有没有意义？咱们这些人到底能不能上《梦想舞台》，上了能不能获奖？主要问题是，找谁才能让咱们上？问题是，现在人人挤破头去海选，而咱连海选的门路都没有。

他们不是没想过，是想过也不敢说出来，说出来会被杏子河上的人们笑掉大牙。然而他们不敢说的事，现在由关春替他们说出来了。他们打心里感激她，无论能不能参加海选，或者海选以后能不能真的去北京参加百姓舞台，他们依旧觉得关春是作出牺牲的先行者。因为只有关春顶住了所有世俗的压力，宣告自己要上《梦想舞台》了，这是他们共同的梦想。和他们的梦想比起来，什么在城里的安澜街买房子，什么大学毕业找工作，统统都没有意义。在荣耀的百姓舞台上，在全国人民的面前，这些世俗的理想都算个屁，甚至连个屁都算不上。

他们带着谦卑的态度来和关春一起讨论陕北民歌了，虽然秋女盛情地给兄弟俩倒了高粱酒，但是兄弟俩的心思就不在酒里。他们只是礼节性地放到嘴边，算是对秋女盛情的回应。然后他们点起了烟，又给关春递。关春说："我可不抽烟。"他们说："现在外面女人抽烟的多，不给递烟很容易得罪人。"他们还是土话，把容易的容说成云，这样说话才是杏子河上人们的本色。

无论和城里有多少关系，比如买房了，住城里了，工作了，口音一定不能改。口音一旦改了，就会被戳脊梁骨，数典忘祖了。所以他们特别在意这一点，在关春把容易说成"容易"的时候，他们兄弟俩会很团结地腔调一致并提高了嗓门："云易——不是容易。"他们兄弟俩也在城里买了不大不小的房子，现在的心思和关春一样，怎么上《梦想舞台》。

高粱酒再一次打败了关春，抑或是关春再一次被高粱酒逗起了兴致。这一回，桂春没有参加，关春也不在意这些。秋女陪关春喝，调制的一大盆陕北三丝竟然被"洗劫一空"。秋女喜欢这样，说明客人不嫌弃。兴致上来，关春要和田野红和田野亮兄弟俩比唱歌了。同样一首歌，无论谁先唱，观众都要给出答案。就像《梦想舞台》那样，谁的分数高，谁就是赢家。今天，这个权力在杏子河上观众朋友的手里。

还是下午时分，陕北民歌就响彻杏子河上了。年老一些的人会说一句："这死女子，像他娘老子了。"人们只说关春，没有人会说田野红和田野亮兄弟俩，因为他们一直是矜持的，好像故意让着关春一样。这样放纵自己的歌喉在杏子河上好多年没有过了，人们的情绪还是被调动起来了。人群越来越庞大，他们忘记了心里的烦恼，再一次理解了文艺对人的作用和价值。

真是好听啊，要不是今天，人们不信他们会唱到这个程度，真的不比电视上唱得差。稍微夸张一点，比电视上唱得还要好。人们再也不嫌弃关春的自大无知了，不管能不能上《梦想舞台》，只要有歌声，就有光亮。黑暗的日子再长，听见这些熟悉的歌，他们再也不怕黑暗了。每个人都有自己的黑暗时期，有的人长，有的人短，就看你怎么走出自己的黑暗。黑暗其实很短，当光明来到以后，黑暗其实不值一提。很多人的黑暗期，就是等待秋水的消息，等待效益和分红的日子。

人们一时间像关春遮蔽了孩子们找工作的期待一样，遮蔽了他们和秋水的事。人们坚信，你既然拿了我的钱，早晚会有一个说法。只是，后来再也没有人给秋水寄钱投资了。人们幡然醒悟，几乎没有任何理由。高桥镇派出所虽然没立案，但是按非法集资定性了。谁要是再敢给秋水投资钱，就是犯法。人们一听犯法，就没人再敢动了，秋水的效益也随之就断了。人们一致觉得，秋水就是杏子河上的"瘟疫"。当年他拐跑了紫霞，让满德家受害，十几年后又一次卷土重来，他的伎俩覆盖了整个杏子河，几乎无一幸免。

不过人们还是要听陕北民歌，在人们的感觉里，只有陕北民歌才能调动他们压抑的激情。只要唱起陕北民歌，他们在山梁上的果树地里抛洒自己的汗水也不知道累。他们不知道这是安全感和存在感，歌不能当饭吃，但是歌有它的作用。有人开玩笑说："舌头也不能当饭吃，为什么电视上的男男女女那么爱吃对方的舌头呢？"有些东西看似没用，其实也是有用的。没吃过舌头的人也想尝试一下，就像没展示过自己歌喉的人，在关春和田野红和田野亮兄弟俩的调动下，也跃跃欲试。他们一时间什么也不怕了，他们也要唱歌，都觉得自己有这个天赋。

当山梁上不时响起陕北民歌的时候，那些过去的老歌和后来的新歌，都让人们陶醉其中难以自拔。人们认可了桂春，认可她埋头读书的事情。人们也认可了关春和田野红和田野亮兄弟俩，要不是他们最先献丑，人们是无法体验唱歌的好处的。杏子河欢快地流淌着，山梁上的人们也在欢快地唱起陕北民歌。他们不想上什么《梦想舞台》，但是他们也要用歌声来鼓励想上《梦想舞台》的人。那里是百姓舞台，是百姓就有资格。他们也期待看到关春，起码她说过要上。他们也期待看见田野红和田野亮兄弟俩。当熟人在电视上出现的时候，他们特别想知道那会是一种什么样的感觉。

关春决定在杏子河待几天，好好沿着杏子河放开嗓门唱，坚持每天一个来回。一早，看见太阳从南庄升起来，关春就出发了。清理嗓子，酝酿情绪。走出南庄的视野，太阳毒辣辣的，嗓子就放开了，赶中午前正好一个来回。有时候，关春还要拉着田野红和田野亮兄弟俩，导致田野红的孩子会学着他们的母亲那样责备又骄傲地说一句："卖嗓子去了。"

卖了几天嗓子，看看又到了无聊期，关春决定回去。秋女留不住，知道关春有大事要做。关春回来这几天桂春一人无事人一样，也没有来秋女家吃饭。关春知道桂春的性格，这是对自己行为的否定，所以她并没理会，走的时候也没和桂春打招呼。桂春见关春走了，忍不住还是给报春打电话汇报情况。报春说："疯了。"再没下文。然后拿起电话，要给关春打电话。拨出去又挂断，心想，折腾去吧。

看看厨房里忙碌的宝瓶，又看看小环。两口子折腾了，有代价也有好处。看看现在，宝瓶满头大汗，都不忘在闲暇的时候逗一下小环。小环总是在关键的时候，在忙乱的时候，最后给宝瓶丢下一句："狗日的……"骂得很轻，但是看出来骂这句话时候小环的情绪，羞涩、含蓄、满足。

城里的冬天特别干燥，快腊月时候都不下雪。关春觉得自己放飞了一段时间。好久没有查岗了，挨个打电话过去。二朵报考了研究生，这是板上钉钉子的事。关春最不愁的就是二朵，二朵也完全有能力考上好点的研究生，好点的大学。其他三个呢，关春不抱一点希望。毕业就是失业，高不成低不就。

想到这里，关春一下子又没上《梦想舞台》的兴致了，一下子又回到了过去的焦躁期。亢奋一段之后现实的烦恼让关春发现那句话说得太对了——理想很丰满现实很骨感。原来文化人可以概括得这么好啊，关春再一次觉得有文化的重要性。

大朵的意思是，毕业了要在医药公司做推销员，因为学的就是这个专业。关春问："你就不试着看哪里能报考公务员吗？或者事业单位，国有企业，进体制啊！"大朵有些意外地说："妈你现在厉害了，都知道国家的单位分这三个类型啊？"关春说："我没文化，听都听会了。企业不吃财政饭，首先要考虑公务员和事业单位。"大朵问："那你说银行好不好？"关春说："当然好啊。"大朵就哧哧笑。关春知道大朵设了埋伏，问大朵笑什么。大朵心疼关春，说："银行嘛，也算是公务员单位。"

关春以后见人就说银行也是公务员单位，有人笑话关春，说银行明明是企业嘛。关春说："我女儿大学生，亲口给我说的。"别人说："你女儿哪所大学，不会是野鸡大学吧，连这个都没弄清楚？"关春立即拿起电话打过去，大朵问："妈有什么事，不是刚查岗两天吗？"关春气咻咻地质问："你给我说，说，我辛辛苦苦供养你上大学。你说，银行是什么性质的单位？"大朵没有笑，说："妈，我上次就是骗骗你，怕你难过。银行肯定是企业嘛，靠放贷吸纳存款自给自足。"关春恍然大悟，随即是失望。电话也不挂，在那里发呆。大朵在电话上着急地问："妈，妈你怎么了？"

关春又给三朵打电话，三朵学的是财会。关春对这个专业信心大一点。三朵在电话上说，自己是不会回来的，外面的大公司多，应聘当会计。也可以兼职几家公司，饿不死，保证！三朵最贫嘴，关春倒不担心她在外面被饿死。剩四朵了，四朵学的是汉语言文学。放到过去分配那会儿，当个语文老师也好，现在最数这个专业不好就业。

四朵还爱读书，和桂春一样，桂春也喜欢四朵。关春说："你三个姐姐都不回来，你呢？"四朵说："妈，我回来，我肯定回来。城里的公立学校要考试，要的人也少，看情况再说吧。只要有教学这个能力，我可以先进私立学校。咱那里的育英中学就不错，还给每个老师提供一套住房，到时候你和爸陪我住。"

关春觉得最懂事的是四朵，只是提起私立学校，关春还是不甘心。就算孩子们都有职业了，可是没一个能在毕业的时候进个事业单位，起码国有企业。关春现在就像个运筹帷幄的元帅，指挥着千军万马，只是一点效果都没有。关春记得杏子河上的老年人常说，文官的笔，累死武官的马。文官真就这么厉害吗？文化人真就这么厉害吗？为什么都尊重文化人？一提是文化人，人们的眼睛就会一亮。可是文化人呢，大部分也不是有钱人。

和关春一样等待孩子们毕业的人自然和关春走得近了，说关春死脑筋，太传统，都什么年代了，难道必须进公家的门吗？顺其自然。话虽这么说，不过大家还是想方设法在努力，实在没机会退而求其次。关春想起即将毕业的孩子们，唱歌也枯燥无味了，回杏子河也没兴致了。这些感觉来得快走得快，就像现在自己的例假一样。大姐报春说的更年期，难道提前来了？

关春懂得了现实在梦想面前的无奈和不堪一击，还是要回到安澜街，去跳广场舞，在无聊中打发时间。不久，传闻的海选真的要举办了。关春还是忍不住报名了，就这样，关春竟然遇见了老杨，也认识了具体运作这事的王导演。看见老杨，关春真觉得冤家路窄。不过关春也不惊奇，毕竟老杨是文化馆离岗的干部，自然和这有些关系。

老杨认识王导演，是准备在安澜街办一场演唱会开始的。那场演唱会投入很大，当时的老杨忙得早就把关春忘记了。请来几个三流明星，以及本地上过《梦想舞台》的几个歌手。票分发给很多的人，暂时不收钱，最终进场的才算钱。一切却比想象的要坏，老杨投机的事情又一次失败了。

因此，老杨现在的情绪并不高。所以，即使看见来参加海选的关春，也没有过去那样的热情。不过老杨还是像熟人那样和关春打招呼，不忘调侃一句："还是没躲过去吧？"关春有些迷惘地看看老杨，这个人身上总是让她有些欲罢不能的东西。不管是发达也好，落魄也罢，关春最怕这样的人。想起老杨说过的那句话："唱歌能让女人尿裤子。"关春心里又是一紧。

关春还是把想上《梦想舞台》的心事和老杨倾诉了一下，也为自己有意躲避老杨感到惭愧。老杨却并不在意嫌隙，还是满口答应下来。海选前老杨指点了关春，怎么能跟着曲子走，先是在歌厅的包厢对着字幕找感觉，不几遍关春就跟上了。为保险起见，关春还是选择了熟悉的《绣荷包》。老杨特别安顿："要优雅，优雅你懂不懂？唱歌的时候精神集中也要放松，脚步稳重轻盈，眼神充满深情……不要显得土里土气，拿拿捏捏的，新时代了嘛，要老歌新唱，唱出风采……"

单纯唱歌，单纯论嗓音，关春有天然优势，足可以力压群雄，鹤立鸡群。这一点，老杨很放心。说到底，老杨想说气质的事。可是说到气质，老杨对关春不放心。气质这事，靠一时半会的调教太难了，不过老杨还是想给她一次试试的机会。

过了正月十五，孩子们又回到了校园，一切都是欣欣向荣。海选的事终于盼来了。那是正月末的一个上午，稍微有一点冷，加之穿得薄，紧张，关春有些瑟瑟发抖，一上去就忘词了。台下的人开始浮躁起来，这样的人也能上，是后门货吧？花了多少钱？关春羞愧得真想扔下麦克风钻进地缝去。还是老杨救场，请求王导演让关春清唱一遍《绣荷包》。

音乐一停，关春感觉刚才耳边的千军万马一下子安静下来，只有自己听见自己的呼吸声。关春想起了杏子河，想起自己独自走在杏子河上的情形。刚一开口，台下就憋着想鼓掌，但是他们没有，而是按捺着内心的激动。等关春唱完，才知道万马奔腾的效果了。关春或许没有任何气质可言，也没有任何专业训练，甚至到最后都带着骨子里的羞涩。

王导演倒是很满意，说这就是《梦想舞台》需要的百姓歌手，老杨也很惊讶。关春又一次来了信心，海选只进行了两天，匆匆收场。等到田野红和田野亮兄弟俩气喘吁吁跑来以后，王导演已经离开了。关春在老杨的帮助下，期待着自己的北京之行。

老杨全方位打造了关春，差点连名字都想重新打造一回，为了和户口本上吻合，也就没有给她起艺名。文眉毛，烫头发，修指甲，该做的都做了。打造的钱都是关春自己掏腰包。即便这样，关春对老杨还是充满了感激之情。社会上传言，上一回《梦想舞台》要花多少代价，关春自然相信。现在打造形象这点钱，真是九牛一毛，关春舍得出。只是老杨对自己连一点过去的那个意思都没有了，关春略略遗憾了一下，就把老杨坚定地看作了正人君子。

关春手里的存款可以在安澜街买一套房子，这些钱以前规划的是找后门给一个孩子安排工作，或者交两套房子的首付。现在，这些钱或许就会派上用场。老杨用一分钟给关春规划了未来，老杨说："格局，眼界！只要火了，以后出场费十万以上，几场就可以买一套房子。"

关春还是按捺不住内心的激动，把这个消息告诉了来望。谁知一向沉默的来望一听，在吃饭的椅子上腾一下蹦起来。关春吓一跳，来望说："你别以为我不知道那个什么老杨，就是个老色鬼老流氓，到处骗人。又是给人调动又是帮人提拔，还说能给人包工程。安澜街多大，谁不知道，就你脑子进水了。"

来望放连环枪一样当头给了关春一气，吓得关春发一阵呆，然后委屈地哭出来。来望真像见了瘟疫一样，非但痛骂老杨，还差点动手打关春。关春委屈后亢奋劲一点都没减掉，反正现在也给了老杨一些钱，总不能半途而废吧？心里这么想，没有给来望说，看他那样的情绪，一时半会儿好不了。夜里，来望睡觉也是第一次给了关春一个后背。关春习惯性地把手伸到来望的被窝里，用指甲触碰他。来望铁心不理，还打起呼噜。

关春怅然。第二天，关春来到春来早，见小环正往下摘黑色的棉门帘，换上一个风景图案的薄门帘。

关春感觉一股风吹过，竟然是春天了。春来早，关春现在也喜欢感受事物了。春来早多好，来吃饭的人对摘下门帘的小环说："吹面不寒杨柳风，春来早，真好啊。"小环正准备和客人说话，见关春来了，忙说："我的大明星三姐，你回来了？"关春听着别扭，过来要拧小环。小环说："你看里面，大姐脸吊着，在生气。"关春问："生谁的气，姐夫生意赔了？"

小环说："你盼着赔啊？"关春说："做大生意的，最后不都赔了吗？"小环凑近给关春吐了一下舌头。关春进来，见报春说话的意思都没有，也不想先开口。现在关春觉得自己的角色很尴尬，不管能不能上《梦想舞台》，在安澜街上，人们看她的眼神总是怪怪的。大家好像突然认出了一个怪物，然后交头接耳一番又闪开了。

进门后，见春来早的人也是这么看她。有客人认出了关春，说："你以前不是也在吧台上站过吗？我说怎么这么面熟啊！"关春有些不自在，报春冷冷的，关春就盯住报春看。报春说："差不多算了，那不是咱的菜。"关春说："你这话什么意思？"报春说："唱歌没错，想上《梦想舞台》也没错，只是别上当就好。"关春以为是来望在报春面前告了状，问报春："是不是来望？"报春说："我在这安澜街上开了多少年店，这里出出进进有能耐的人多了。你以为都不认识老杨？那是什么东西，到处骗人，我提醒你就是得罪你。你现在风头上，旁观者清，你可千万别往里面扔钱。那是一个无底洞，成名那么简单？你看到的只是表象……"

小环见报春放机枪，怕和关春吵架，过来劝了一句。报春厉色道："没你的事。"小环说："三姐也是愿望嘛。"报春怒道："滚一边去。"小环见情势不妙，腰一猫溜了。客人们也讪讪的，有的吃一半站起来走了。报春说："开饭馆最忌讳自己人吵闹，客人就不想吃饭。你看看，都站起来走了。"

关春见报春一改常态，多少年来都没有过。报春从来不伤自己的家人，关春胸口憋得难受，不知该怎么和报春理论。吧台前就剩了两个人，关春在椅子上略坐一坐，起身，看着报春说："你别小看人，你等着，骗了我也甘心。你知道什么是梦想吗？人活着不仅仅是吃喝拉撒，那和牲口有什么区别？"报春说："你疯了，都是哪里听来的歪理，是老杨不？趁早我找到他撕了他的嘴，看再敢骗人不？！"

关春出了门，刚换好的门帘被用力一扯，一侧掉下来。小环追出来劝，关春说："你看看，我做错什么了，她这副样子？人家还支持呢。我才海选，就这样了。到时候还有亲友团，我哪里有亲友团？怕一个亲人都没有，好像我做了什么见不得人的事了。"小环搀住关春的胳膊，说："大姐不是那个意思，是听说了老杨这人，骗子，也不知真假，你别往心里去。"关春眼泪哗啦啦下来了："骗子，骗子能让我参加海选，能帮我上《梦想舞台》？你们给我找一个骗子，我就不用他老杨。"

关春回到家，第一次不唱陕北民歌了。她要唱流行歌曲，唱了一首《自由飞翔》。她要插上自由的翅膀，飞到北京去，飞到《梦想舞台》的舞台上。关春感觉这首歌有很大的力量，让自己在坚持陕北民歌的时候，有了一种别样的感受。她要战胜眼前的困境，让所有人对自己有一个全新的认识。自己不是上当受骗的人，从田野红和田野亮兄弟俩的眼神里，关春看到了信心，看到了他们对自己的羡慕。

人和人即使面对面，机会也是眷顾有的人，而对其他人却没有任何的施舍。海选之后，关春给了老杨五万块的好处费。这是老杨的意思，要打点王导演。关春看看自己的存款，没有告诉来望，起码暂时不能告诉他。再说，对于家里的存款，这只是一小部分，打不动身体，所以关春内心是安定的。

老杨来了劲，在关春面前，张口闭口就是以人为本，科学发展。关春深信不疑老杨的观点，老杨的话打消了关春买房子的念头："钱凑一起干正事，只要能上《梦想舞台》，往后的一切都不是问题。"

夏天，四朵金花就要大学毕业了。在梦想和现实面前，关春焦躁起来。孩子们的工作怎么办？想想报春的两个儿子——自己的那两个外甥，悄无声息地进了好单位。关春有了叹气的习惯，自己问自己："怎就这样的命？"

人还在学校，说亲的倒是多起来，女孩子有个好脸蛋就是资本。这让好面子的关春越发觉得自己没脸了，不怕世人笑话自己，就怕南庄的娘家人笑话自己。看看吧，心比天高命比纸薄了吧？关春知道有人这么说，被追问得不行，关春也是心平气和："自由恋爱，我不反对。让我做主，除非都有工作了再说。急什么？时代不同了，她们大学里的好多女老师，女博士，三十几了都没结婚，她们急什么？"嘴上是硬，心里还是放不下。万一不好就业，总不能把婚姻大事耽搁了吧。

第
八
章

安澜街的海选几乎被人遗忘了，关春渐渐也不再被人提起。人们最关心的不是海选，而是谁真的登上了《梦想舞台》。没有了存在感，关春自己一天天难过起来。现在的处境和孩子们的工作，这两件事情交织起来轮番轰炸，让关春喘不过气。老杨也是有一搭没一搭，有时候打电话也不接。海选之后的工作该怎么进行，得不到回复，导致一天到晚无所适从。

老杨找到关春的时候，已经有一个多月没见了。老杨说和王导演去北京对接了，程序太复杂，比想象的要难太多。老杨有些愁眉苦脸，关春问："那该怎么办？"老杨沉默，关春呼吸急促地一遍又一遍地问，老杨最后说："唱歌水平倒是不成问题，可是要打通北京的各种关节，主要还是钱不到位，我和王导演该做的都做了。"

关春脑子里蹦出存折的数字，不假思索地问老杨："还需要多少？"老杨说："要达到上台的目标，起码得十万吧。你先前给了我五万，要是方便，再拿五万看吧。"关春说："好，我再拿来五万。要是真能解决，钱还是问题吗？你说过的。"老杨脸上露出喜悦的神色，"唉"了一声，说："你女人家都这么大度，咱就什么也不怕了。放长线钓大鱼，你看那些红了的，出场费一次就十万。"

关春看出老杨在自己面前的歉疚，毕竟，不是老杨说了算。这么大个中国，能登上《梦想舞台》，最后红了的毕竟是凤毛麟角啊。关春在和老杨的接触过程中，学会了很多感慨。钱的事，一定不能让来望知道，走一步看一步吧。最后要是能遮过去，就不给他提钱的事了。关春目标并不大，只要能上一次《梦想舞台》，最后把花出去的钱挣回来也就罢了。

以前，大家都说除了二朵，其他几个不要上学了，都是普通大学，能有什么前途，还要花那么大代价。关春坚定了信念，即使出来没工作，也决不能高中毕业就给人家站柜台卖衣服，那样就一辈子没机会了。

现在，关春就是想给自己争口气。眼下只有两个目标，一个是除了二朵，毕业出来的三个孩子，花钱先安排一个的工作。再一个就是，花钱打通关节，自己能上《梦想舞台》，让所有小看她的人闭嘴。

关春又拿来五万块钱，加上以前的五万块钱，显得比老杨还激动，说："一次出场费就够了。"老杨拿了钱，也和以前一样，并没有给关春打收条。关春自己也不好意思要收条，是人家在帮自己，哪里还好意思要人家打收条。老杨似乎说过要打一下收条，关春忙说不用不用。那样显得自己小气，那样一来，生怕老杨不上心。

欲望有时候能让人燃烧起来，也能让人起死回生。然而，欲望这东西的反作用更大，更具有毁灭性。钱给了老杨，关春扳着指头过日子。忍不住会打电话问情况，老杨很不耐烦，意思是得有一个过程。老杨简短明了的几句话就挂了，关春倒是焦虑之后心平气和了，波澜壮阔的心思一下子就被融化了。

老杨就是会说，每次都能让关春安心，到最后关春都会因为自己的催促而感到不安。万一老杨嫌麻烦，退钱不管了，岂不是前功尽弃了？每次想到这里，即使再想问情况，也会在拨通电话后挂断。发短信问候老杨，老杨倒是回复极快，只是对啥时候去北京的事闭口不谈。关春想提醒老杨，自己问候你，是间接问去北京的事。老杨却不回复，难道老杨事多，忘了？关春终于还是忍不住，直接问一下，老杨干脆来个不回复，导致关春开始了失眠。

关春为了忘记去北京的事，还是想到杏子河上去。身体也是懒懒的，人一有心思，身体就懒惰。来望回来，关春也不做饭，要和来望一起下馆子。来望说："外面的饭吃够了，想回家吃，你还不给做了？"关春说："我最近身体不舒服……"来望就说："赶紧看看。"关春说："心里不舒服。"来望说："以后我多回来陪你，要不你还是去春来早吧，不是靠你挣多少工资。人不能待下来，无事生非，待着会把人待废。"关春说："你忙得都不回一次南庄。"来望"哦"了一声。关春说："出去吃，下次回来我给你擀面。"出去吃饭也成了应付差事，关春口淡，吃什么都没劲，味同嚼蜡。看来望吃得那么开心，关春几次想把眼下的情况说给来望，嘴张了几次，还是咽回去了。

关春准备回杏子河的时候，老杨来电话了。老杨口气很着急，要见关春。关春好是吃惊，后来都是自己联系老杨，老杨可没主动联系过自己。难道是去北京的事？肯定！关春激动得有些想哭，真要是去北京，一下子还是很紧张。换衣服，淡淡化妆，心里早就奔出去了。

老杨在一家茶楼等关春，还没坐，老杨就急切地说："定了，就是人太多，花大价钱的人排队呢。"关春问："那……你的意思是？"老杨说："必须一下子搞定，千载难逢的好机会。只是水涨船高，想套住狼，那得舍得孩子啊。"老杨还要说，关春问：

"到底怎么办，需要我怎么做？"老杨收住话匣子，叹息一声说："还是钱的事。"关春心跳加速了，钱，到底会是多少。老杨说："再加十万，只是我不好和你开口……"老杨很快又说："当然，你不愿意，就算了。"关春一跃而起："算了？算了的话那十万怎么办，不是打水漂了吗？"老杨说："骑虎难下啊。"关春咬破嘴唇，感觉里面咸咸的，咽下去，说一声："干！"

关春取来钱，像一大块豆腐，咚一声放老杨面前。老杨缓缓欠身说："难为你了。"关春说："这是十万，加上过去的十万，就这二十万。能成就成，不成，我一毛也再没了。"老杨说："你放心。"手放在关春手背上，关春抽出来，心里想着存折上的数字，竟然不知道老杨按了自己的手。关春拿出了钱，再一次亢奋起来。有投入才有回报，这么多的钱，他老杨不会也不敢骗自己吧？这样一想，觉得自己就是赌徒心理，像老杨说的那样，骑虎难下，背水一战吧。回到家，还是继续练歌，练才艺。那些熟悉的陕北民歌，已经被自己唱得滚瓜烂熟。真要到了北京，还会有人专门指导，这些关春并不担心。钱投资得越多越安心，自己要做的，就是反复练歌。

为了提高自己的水平，精益求精，关春还是要回杏子河上练。沿着杏子河，关春的感觉和前一次又有不同了。距离去北京的时间越近，自己的提高好像越快。关春也没回南庄，练完了就回城里。现在的关春越来越滴水不漏，在事成之前，绝对不会给第二个人说。关春似乎要忘记老杨拿钱的事，一心一意地练歌，等待孩子们毕业。

毕业后的孩子们都在四处找工作，只有考上研究生的二朵自己出去旅游了。二朵带家教挣钱，已经不依靠父母了，二朵的潇洒多少还是安抚了关春。大朵要去北京的药材公司当业务员，签订合同后还是回来了，回来是表示自己毕业了，这是一个成人的形式。

三朵在上学的城市应聘了一家小公司，当上了会计。送走大朵又送走三朵，吃一次团圆饭少一个孩子。关春好像她们出嫁那样哭得停不下来，只有四朵真的回来了。

四朵最乖巧，也最有气质。在关春看来，只有四朵像个文化人。现实比四朵想得要难，四朵回来应聘私立中学竟然失败了。人太多了，比四朵学校好的大有人在。这下四朵有些着急，但远远不及关春的着急。女孩子待下来怎么办？自己要是突然去北京参加比赛，四朵一人在家肯定不行，关春愁肠得想吐血。

形势和人们判断的一样，要想有工作，必须参加考试。到处都是考试，一片热气腾腾的景象。关春一下子疯了，在外面的不管了，起码四朵要有个工作。关春像个无头苍蝇一样，到处和人聊找工作的事，聊怎样托关系的事。到底谁有这个能耐，社会上传言不一样。有人说，手把锅沿的人就能办成，也有人说，大领导不点头，谁也办不成。哪里能认识大领导？只有靠社会上的中间人。苍蝇即使有头，在这个时候，也只有瞎撞的份。

这样一来，关春竟然想到了老杨，起码他的人脉比一般人要强。去北京的事，和孩子的工作问题比起来，孰轻孰重，关春还是分清楚了。见到老杨，只字不提去北京的事。老杨也不提去北京的事，不过对关春提出给四朵找工作的事，老杨还是较为艰难地答应下来了。起先，老杨说："找机会，试试吧。"关春一听就泄气了，多少人都是这话，试到最后迎来送往的费用一大堆，针尖大的事都办不了。不过话说回来，哪有百分百的事，不试怎么办？毕竟是走后门的事，谁敢打包票？

关春憋得心口子疼，但老杨说得也不无道理。这年头，和过去不一样了。过去好办，人说了算，现在制度说了算，考试进人，谁也绕不过去这道槛。只是少数"有能耐"的人，可以在考试过程中"发挥作用"……关春知道这个道理，还是希望能有个机会，有个奇迹。无论如何，只要老杨在，关春都不气馁，甚至把老杨当成了救命稻草。

老杨也非常客气，俨然把关春的事当成了自己的事。关春和来望商量，来望说："以前好多人借高利贷求人给孩子安排工作，钱拿了，事办不成，一拖就是几年，现在还敢这样？"来望轻易不和关春发生分歧，这一次却将了关春的军。禁不住关春一把鼻涕一把泪，来望就心软了。关春说："人家都说咱没儿子留不下后人，现在女儿就是儿子了。总不能四个大学生一个都进不了公家门吧，高不成低不就，找个婆家都被歧视，人活一场有什么意思啊？"

关春说的何尝不是来望的想法，不过来望安顿，一定要慎之又慎。钱在关春手里，关春心大，决定为四朵的工作背水一战。关春想，万事开头难，只要搬开一个口子，以后安排几个算几个。即使其他三个孩子没国家给的工作，只要有四朵这一个有工作的，也甘心了。现在，就看谁的命运好，起码，这个机会首先轮到了四朵。

关春想着自己存折上的数字，无论如何，要让四朵能上班。社会上的消息就像一股风吹来，众说纷纭，有的孩子顺顺利利上了班，有的却花了大价钱，事情还是落实不了。公立学校也在招聘老师，关春找到老杨说："四朵就是学的汉语言文学，当语文老师最合适，机会终于来了。"

四朵就报名参加了，可是按照社会上的行情，老杨要关春拿来五十万。关春嗫嚅道："我现在没那么多，去北京的事，给了你二十万。我再想办法拿来三十万，你看怎样？"老杨和颜悦色地说："一码归一码，你那二十万，除了包装你，其他的我都给王导演了。王导演拿着钱在北京给你找门路，钱肯定洒出去了，覆水难收啊。你让我怎么办？"关春咬咬牙，说："四朵的工作只要能办，五十万，我单独给你，只是千万千万！"

钱让关春的胆子越来越肥。到了这一步，关春一点都不退，死也要撑下去。什么都不想了，存折上最后的钱都取出来，不够的，外面再借高利贷吧。关春说干就干，周围的住户都和关春好，知道关春在给孩子办大事。加之关春给出的利息高，就有人见钱眼开，不论多少，陆续都把钱拿来了。再不够的，关春想到了秋女。秋女家的果园收入大，在杏子河上年年是最好。关春相信，别的事，秋女未必能慷慨，给孩子安排工作的事，秋女不会拒绝。

秋女听说是要给四朵安排工作的事，一口就答应下来。秋女说："好事。但是，咱杏子河上也有人这样求过人，最后都没顶事。中间人一定要合适，千万别出任何差错。"又问："来望知道吗？"关春不假思索地说："知道。"秋女知道关春是家里的掌柜，担心归担心，还是毫不犹豫地给关春借了钱。关春说："就最近，成不成就最近。成了我想办法给你还，不成，等人家退回来我给你还。"秋女说："一定能成，不着急不着急。"秋女还是忍不住把这事给桂春说了。虽然秋女没有问究竟要花多少钱，按社会上的传言，安排一个孩子的工作能在安澜街买一套房子。大致那个数，太吓人了。谁知真假呢？骗子横行，都是骗那些给孩子安排工作而着急的人。

桂春一听说："糟了。"秋女问："你意思是？"桂春说："关春一个大字不识，能认识什么人？基本都是骗子们在那里骗人，怎么能办成？空中把钱骗走了。那么好走后门，为什么有钱人家的孩子也考不上好大学，这不是一个道理吗？国家有政策制度，谁也别想钻空子！都知道办不成，却拼命把钱给那些骗子们，让人可怜又可恨。"

秋女着急了，说："那我不是好心办坏事吗？我看她那样着急，怕耽误事。再说要是其他事，我可能还迟疑一下。孩子安排工作的事，我怎么好意思让关春下不来。"桂春说："不管怎么说，我得和大姐问问情况，沟通一下。"桂春说着就给报春打电话。报春电话上"啊"了一声，问桂春："没说找的谁吗？这种事，找不对人，都是骗人的。"桂春说："现在说这些有什么用，赶紧想办法制止吧，再迟就完了。"桂春平时不太过问别人的事，这次好像自己被骗了一样。报春说："糊涂的老三，糊涂啊。"报春有些歇斯底里。小环慌忙过来，眼神在问报春。报春有气无力地说："老三，完了。"

报春给关春打电话，挂断了。用小环的电话打过去，接通了。报春说："我是大姐。"关春一听还是挂了。报春摔了电话说："这是要急死人吗？"关春短信回过来了：人活一口气，我的事，你们别操心，我自己有把握。然后，关了机。急得报春又给来望打电话，可能是来望工地上吵，听不见，一直没人接。报春就给开元打电话，开元说："你别挡人家，万一能办成呢，你这不是坏人事吗？"报春说："连你也狗屎糊住眼睛了。"

报春慌忙从吧台出来，摘下口罩，衣服也没换，匆匆走出春来早去关春家。一路上，报春汗水淋漓。到关春家，敲了半天门，不见有人。报春叫苦连天，哪里能找见呢？这会儿说不定都把钱给人家了。秋女也是，昨天也一声不吭。报春捶胸捣背，怎么也找不见关春。

自从上次不愉快的谈话后，报春知道关春一路上是要强的人，自己的话一定伤了她。特别是说到孩子们工作的时候，关春憋着一口气。现在报春最怕的就是老杨，该不是把钱给了那个骗子了吧？报春又在路上给秋女打了电话，把秋女训了一顿。秋女吓哭了，说："我也是好心办坏事啊，到底要花多少给人家？我是一句都问不来，就说按社会上的行情，行情到底是多少？"秋女口气明显软了。报春说："行情行情，行情一时一个变化，按行情就能在城里买一套房子了。"

关春头天从南庄回到城里，一夜没合眼。第二天一早，就去银行取了自己的存款，加上借贷来的现金，把五十万现金背来给了老杨。钱的事，老杨不留痕迹，不要银行转账。五十万现金就像五块砖头那么重，关春的心在滴血。老杨比前一次显得悠闲，直接对关春说："水涨船高，还得十万，大行情六十万，你也是知道的。"关春一听，心里气得要抓老杨，只是没敢表现出来。现在，老杨就是神，不好得罪。老杨说："看在咱俩交情的分上，理解你的不容易。这样吧，剩下的十万块，你给我打个欠条，按个手印就行。这十万，我给你垫上，算我帮你，只是留个字据，不管事情成与不成，都与你无关，我也不会和你要。"

关春的眼泪哗啦啦流下来，虽然没有说一句感激老杨的话，但是从这一次看来，关春觉得自己一直在错怪老杨。人家凭什么这么用力帮自己？以前老杨对自己有过念头，断了之后再接触，老杨连一点那样的意思都没有了。关春反倒自己羞愧起来，细看老杨，虽然头发稀稀拉拉，还是很有味道的男人。毕竟在文化馆几十年，舞文弄墨，吹拉弹唱，都在行，不吸引女人才怪。

因为关春不识字，老杨说："那我代劳吧。"老杨写好，给关春念了一遍。关春说："好。"就歪歪扭扭写下自己的名字，在钱数和自己的名字上，落款日期上都按了手印。关春按得有些认真，好像只有这样，才能显出自己的真诚和郑重其事，老杨才会毫不含糊地帮自己。老杨收起欠条装进钱包里，还是对关春说："这钱不要你还，是我给你的一点人情。北京的事迟迟定不下来，也希望你理解一下，时间问题，王导演也是神出鬼没的。不过孩子的事就在眼下，一定给你办成。"

老杨的表态抵消了关春对老杨日常的猜疑和怨气，看他也为难的样子，知道事情不是他一人能决定。要是老杨一人说了算，关春绝对不会有任何顾虑。这一刻起，关春觉得自己和老杨已是一体了。不过关春还是嗫嚅着："上《梦想舞台》的事拿出二十万，孩子的事拿出五十万。四十万是家里的存款，三十万是我借的高利贷。还有，欠你的这十万，即使你不要我还，我也觉得欠你。"老杨说："你放心，你放心。"说得意味深长，仿佛关春的担忧都是多余。说完这些，关春反倒像吃了定心丸一样。这么多的钱，老杨肯定不会含糊。何况，还给自己无偿垫付十万块呢。关春被老杨感动了，眼泪泛出来。内心在祈祷：这两件事，都在眼前了。

公立学校招聘考试很快就出结果了，知道出结果的消息后，关春都不敢问一句老杨。四朵参加了考试，老杨说已经打通关系，参加考试就是走过场。现实的问题是，要的人很少，四朵的实力自然是不够。四朵知道自己不可能考上，所以一点都没在意。

结果公布后，关春疯了一样把情况给四朵说了。四朵虽然刚毕业，一个不谙世事的姑娘家，但是一听关春的话，吓得哭出来了。嘴里叫道："妈呀，你这是怎么了，你吓死人了啊。那么多的钱，你花给谁了？"关春基本处于休克状态，眼前黑乎乎的，并不回答四朵的质问。

四朵懂事，也不再问，就说："妈你在哪里，我过来找你。"关春没说自己在哪里，而是挣扎着给老杨打电话。老杨说了句不可能，我再问问。一会儿老杨回过来电话说："确实是人太多，中间人也是尽力了，没办法。不怕，退钱。"老杨把"退钱"两个字说得很坚定，好像钱就在自己手里一样。关春一听，身体才是自己的了。买了瓶冰红茶，在街道上坐下来，一口气灌进去。

关春家里乱成一锅粥，大家一起兴师问罪。关春一五一十都说了，急得来望握住了拳头，四朵哭着死死护住关春。来望第一次没去工地上班，喝得酩酊大醉。关春说："老杨不是那种人，不会骗人。《梦想舞台》我不去了，四朵考试的钱，一定能退回来。"

关春问老杨，得多久能退回来？老杨说："正在对接，得一个过程。"报春要关春去告老杨，关春说："他手里还有我一张十万块的欠条，我手里连他一点证据都没有留下。"报春说："不管怎么说，你给了他钱，这是事实。"

安澜街上流行一句话，娃娃是个好娃娃，就是让社会害了。是这样的吗？肯定不是。应该把人分成上班的和社会上的人吗？也不是。谁是社会？一定是形形色色的人，所有的人一起构成了这个社会。不同时候不同场合，人们言行不一甚至坑蒙拐骗，人们也义正辞严侠肝义胆。社会只是复杂，而不会害人，害人的是每一个人可恶的一面。可恶的人做了可恶的事，导致产生了一些不良的社会风气。说到底，是风气坏把人带沟里了。

关春就是社会负面状态下的牺牲品。换句话说，自己今天的遭遇和处境，就是自己的愚昧无知导致的结果。再换句话说，是投机心理导致的结果。总之，关春觉得自己什么也不是了，没办法用什么样的惩处方式来让来望好受一些，让孩子们安心一些。哭早就不想了，连一滴眼泪都流不出来。只是傻傻的，呆呆的。报春叫她，也不答应。

来望接连喝了几天酒，从开始的咆哮到最后的沉默。沉默下来的人依旧可怕，他比关春还要沉默。

庆幸的是，社会终究是好的，那么，该老杨倒霉了。老杨倒霉，也是早晚的事，因为他参与了社会上的坏风气。用因果报应来说，是可以说通的。因为一开始就是骗人，结果只能是露馅。久而久之，习惯成性，一身伎俩，满嘴谎言。老杨的单位被逐渐累积的债主们围攻了一回，老杨就被双开了。老杨栽就栽在骗的人太多，骗的手段五花八门。

窗户纸被捅破后，老杨的真面目彻底暴露了。安澜街上的人说，老杨就是个骗子，很多人都被老杨蒙蔽了。老杨到处周转，拆东墙补西墙，渐渐的，事情都败露了。受骗的人一起来找老杨的时候，老杨就进去了。不确切的消息是，老杨答应给七八个人办理安排工作，给五六个人办理调动工作，给三四个人办理提拔职务，给一两个人找工程干。实际情况是，老杨宣扬自己和某个大领导有关系有交情而只是空手套白狼，只是收钱，却没给人办过一件事。有人恨不得把老杨千刀万剐，现在老杨涉嫌诈骗罪被逮了。老杨的钱都去了哪里，不确切的消息是，有的给了女人，有的进了赌徒的腰包，几乎没有别的去处。

最难过的是关春，自己先后给了老杨的七十万，足够在安澜街买一套大房子了。更可笑的是，自己给老杨打过十万块的欠条竟成了七十万块的欠条。报案后，关春才知道自己被老杨玩死了。自己提供不出给老杨送钱的证据，反倒是老杨拿出了自己的七十万欠条。送人的七十万成了欠人的七十万，关春气昏过去，哭诉着把情况一五一十地说了一遍。再问，还是一字不差。

老杨身无分文，那些手里有老杨真凭实据的人都丝毫没有办法，何况关春的事呢？关春吃了哑巴亏，好在并没有追究她的问题。欠条的事是她自己按的手印，但是她不识字，当时说好了写十万的欠条，欠条上却是七十万，属于欺诈行为。关春的事暂时放下了，不过接连被传唤了几次，每次都哭得一塌糊涂，每次都是一字不差把情况复述一遍。最后的意见是，让关春不要远离，等结果。

四十万存款先不说，又欠下三十万高利贷。来望想不通老杨为啥就那么黑心肠，深不见底的黑。沉默的来望感到了耻辱，就和关春看见女儿们没工作一样的耻辱。来望一时间恨不起自己的老婆，因为她比谁都不愿意看到这个结果。他恨老杨，恨不能把他千刀万剐。

这么多年，关春舍不得吃，舍不得穿，一分钱撕开花。以前常劝别人，吃不穷，穿不穷，打理不好一世穷。关春想起这些，恨不得抽自己嘴巴。自己告诫别人，却独独没有告诫自己。现在的关春，口头禅就是一句："我把人都亏死了……"深夜总是惊醒，哭醒。

报春说："高利贷是个无底洞，先从我这里把高利贷还上。你们自己的钱，慢慢往回要。只要老杨没死，他就欠你的。"关春哀叹一声说："和死了有什么区别！"不过，关春还是咬着嘴唇说："我给你按银行利息算。"报春恼了，骂道："死要啥面子，再这样下去，来望就被逼死了。我们一娘同胞的，我和你算利息，我还是人吗？"关春并不想开这个口，但是觉得利息太快，老鼠下儿子似的快，自己吓着了。听报春这么一说，顿时感觉轻松了。压在肩膀上的重担，一下子扔到了路边。

关春心里难过的是那张七十万的欠条，生怕要自己还那些钱。最后的结果是，老杨全部交代了。为了减轻自己的罪行，那张欠条自然不成立，交代的情况和关春说得一模一样。关春放开声哭了一夜，哭到一点力气都没有了。关春现在连那稀里糊涂没证据的七十万也不要了，就当自己看病花了，得了肾病，换了肾。不，换了心脏，这些钱还不够用呢！关春这样安慰自己，周转还了三十万高利贷，结束了度日如年的日子。头发剪成了寸头，干练了，气色也好了。家当一扫而光，最对不起的是来望的血汗。

当时，来望的确恨不得把关春的皮揭了，现在他不这样想了。他想的是四朵金花，二朵在上研究生，其他三个在私立企业，工作也开心。想起她们，来望就放下了所有苦恼。钱财乃身外之物，只要人在，只要人好好的，这才是以人为本。

关春感觉身体轻松了，又一次沿着杏子河往南庄走。没有唱歌，但是闻到了杏子河的气息，涩涩的，也是醇美的。河水好像从岸上上来了，从头到脚让自己凉爽起来。以前总是怕丢人，让孩子有个正式工作，鬼迷心窍。怕丢人，现在更丢人，人都丢到

杏子河上来了。事情有了结果，还清了高利贷，关春现在什么也
不怕了。

来望消沉一段后，还是回到工地去了。那些钱，就当没挣。
那些欠下的，好好挣几年就能还上。四个孩子也都答应每人认一
部分债务。三朵谈婚论嫁了，对方在医院工作，是外科大夫。因
为三朵是私企的会计，被认为是没工作，就黄了。关春一下子来
了气，电话上对三朵说："娘的，没工作就嫁不出去了？老娘不信！"

那个让她上《梦想舞台》的王导演，也被老杨供出来了，进
去了。关春觉得进去好，自己真要上《梦想舞台》了，就成了笑
话。自己就在杏子河上唱唱陕北民歌也好，丢人的事，传到杏子
河上却一点事都没有。杏子河上也有被人骗着给孩子找工作的，
骗子们的把戏伎俩形形色色，有的经历比关春的经历还要诡异。
关春破涕为笑，有点庆幸，也有点五十步笑百步，只是对上《梦
想舞台》的事尴尬万分。

杏子河上的人们又安慰她说："那有什么，问问，杏子河上
的人谁不想上《梦想舞台》。别的不说，田野红和田野亮兄弟俩
不想上吗？你只是被骗了罢了，错不在你，又不是什么丢人的事。
秋水把杏子河上的人骗了多少，那才叫丢人呢。"关春觉得杏子
河上的人们就是故意为自己准备了答案一样，仿佛自己觉得哪里
丢人，他们会觉得那不算，因为大家在类似的事情上都一样。

关春越发轻松了，不几天就到工地上和来望一起干起了粉刷。

活虽然累了点，但是挣得多。干活的时候还是给大家唱歌，工友们知道关春被骗过不少，但是只要人勤快，那都不是问题。只要有人在，就好了。关春又想起了老杨说的以人为本了，不过老杨是骗子，说那话是放屁。而大家这样说，是祝愿。人生无常，这一切就像做梦一样，醒来睡去。关春觉得自己就是个赌徒，就是死要面子活受罪的人，唉。

只是，闲下来，关春还是想老杨的好，不信老杨会有这么大的劲头骗自己。每一步都是那么合情合理，到最后却是这样的结果。难道老杨一开始就切中了自己的要害？肯定不是。那是什么，难道他有未卜先知的本领？也不会。老杨其实是个可怜人，关春听老杨讲过自己的经历，只是和关春的经历不是一样的可怜，性质是有区别的。

老杨好高骛远，一直不能安于现状，可他又是个舞文弄墨的人。靠这点文墨挣不来钱，就只能靠骗，靠哄。他发挥了自己的特长，开口唱歌让女人尿裤子，张嘴能让一些人上钩，落入他的圈套。失控后的老杨东一榔头西一棒槌地骗，不怕了。正所谓债多了不逼，虱子多了不痒。老杨破罐子破摔，就自己一个人，见了棺材再说吧。

于是老杨越陷越深，终于把自己也害了。那些被骗的人，直到最后都不信老杨会骗他们。在事实面前，吃亏了的人，包括关春在内，依旧对老杨一分为二地看待。关春现在对社会上的传言有了新的认识，那是一条灰色地带，蒙蔽了自己这些愚蠢无知的社会上的人。自己，就是社会上的人，没错。

报春替关春周转了高利贷和秋女的借款，三十万。这么多年来，姊妹们就没银钱上的往来。桂春争气，那几年开诊所也没和自己开过口。经常安顿，需要的时候尽管说，但就是不说。报春知道桂春的性格，不能强求，也就罢了。来望一直勤快，走正道不折腾，一个人养活一家子，还攒下几十万，的确是不易。虽然那些钱好活了那个王八蛋老杨，现在是自己帮关春还了三十万，算是心安理得了。姊妹们就是关键时候帮，只要人没事就好，人，才是第一位的。

报春觉得自己老了，凡事都多愁善感。开元好久都没回来，报春觉得擀面的本领也快生疏了。男人就是脱缰的野马，挣再多的钱，有什么意思。关春出事后，报春常常赞赏小环和宝瓶，说他们回头是岸。小环说："我不是尼姑，往哪里回？"报春说："关春吃大亏，一点心眼都没有。一根筋的人，不吃亏才怪。"

小环说："不是三姐的问题，是骗子的问题。三姐是个好三姐，让社会给害了。"报春说："你是越来越会说了。"小环还说："社会把老杨那些王八蛋也害了，不走正路，蹲大牢。那样祸害人，才判了十几年，损失的人惨了。"小环心疼宝瓶也蹲了两年，好在两年唤醒了他们自己。回头是岸，报春说得对，于是小环忍不住"阿弥陀佛"了一句。

开元破产的消息早就听说了，传闻有许多。无论报春怎么问，开元都不说，不要报春管。以前房产都在两个孩子名下，盘下现在的春来早店面后，被过到了报春名下。孩子们有工作，不能有做生意的事，所以暂时挂在报春名下，方便。早晚还是他们继承去，只要不违法，现在他们的前途重要。要不是开元酒后驾车，公司还不至于这么快暴露情况。开元一进去，公司就是《红楼梦》上说的那句话——忽喇喇似大厦倾。疾风暴雨一样。事情快得连报春自己都不知道，开元就出事了。

早些时候，就在开元进去以前，开元已经不是过去的开元了。走路两条腿都往外歪，低着头，灰心丧气的样子。报春欲哭无泪，看来春来早是保不住了，就是被拍卖了，也抵不上公司的那些贷款。公司靠着银行的、信用社的、民间的借贷，累计的数目让报春瞠目结舌。公司被清算后，最后的欠款给出了还款计划。

开元被判了三年，报春真想把春来早卖了，一下子把那些窟窿补上。小环说："法院既然都这样判了，咱好好经营，起码不要把店卖了，再起锅灶那不是一句话。有春来早在，就有希望。"小环一下子成了报春的主心骨，报春软软地瘫在吧台的椅子里，嘴里想说一句话，半天说不出来。嘴唇也由不得自己，像被赶着一样晃动。报春最后戚戚地说了一句："这都是怎么了？"

到处闹钱荒，先是关春家，现在是报春家。关春两口子给报春办了一张储蓄卡，关春说："我和来望，四朵金花，都没多没少给这张卡流水打钱，难关会过去。"以前，别人羡慕报春的时候，报春总是一句谦虚的话："谁家门上也不挂无事牌。"报春说话给自己留了余地，现在真轮到自己了。

报春又一次想起了她老子崔秀录和姨父刘明山的过去，想起了关公庙的事。报春觉得自己是迷信，心结打不开。到底是怎么回事，说不清楚。不过心里有这个症结，所以多年来报春和秋女一样，走正道，不折腾。即使真的有报应，自己也不怕了，怕也怕不下了。

第九章

　　用不了三两年，关春家还上了报春的三十万。虽然一无所有，但是关春两口子无债一身轻。大朵在北京结婚了，流行的话叫北漂，漂就漂着，大家都一样。二朵研究生毕业去了一家大学教书了，教的是物理。关春小时候就知道一句话，学好数理化，走遍天下都不怕，觉得这一件事就足以让她荣耀一辈子了，过去的不快烟消云散。三朵还是会计，奉行独身主义，那次和那个外科大夫没结婚，后遗症应该还在。

　　四朵呢，凭着自己的勤奋考试到了一家公立学校，一年后又考试去了一家杂志社。比起刚从学校毕业那会儿，四朵显得游刃有余。关春一开始以为杂志社不是公家的单位，后来才知道也是事业单位，财政拨款的，吃财政饭的。

关春越发开心了。开心的时候，关春用上了微信。朋友圈都是杏子河上的姊妹，都是南庄的熟人，跟一家人一样。从来没有什么办法能把熟悉的人聚在一起，现在好了，新时代了，有微信了。

微信这东西，帮散落在各地的人们圆了不能在一起的梦。关春还是给人唱陕北民歌，仿佛就在《梦想舞台》的舞台上。杏子河上组建了一个群，南庄也组建了一个群，人们一下子被群联系起来了。关春说："那几年，骗子横行，早知道现在这样的结果，我才不花那些冤枉钱。"小环说："早知今日悔不当初。"关春最喜欢小环，还是愿意回春来早。出来几个月的开元，说："来，我们欢迎。最后的赢家是你大姐，我们还是要围着她转。"

春来早的生意越来越好，回到了过去小店时候的感觉。人们看到了久违的老板开元。香菇面的味道，就和最开始一样，清淡中有浓郁，余味无穷。

有点地域性质的群，开始热闹，渐渐就淡了，成了门可罗雀的地方，甚至成了是非之地。比如，一个人为了节约时间，把你的名字只打了一个字，姓，而不是名，你会很不是滋味，感觉对方有点盛气凌人，误会就来了。其实当有一天见面的时候，他还是称呼你的姓，而不是名。你再听听，原来打出来的字，是张，见了你之后，你会发现他其实叫你张儿，亲切吧？所以群里聊天的不好处，容易误会，于是群就冷场了。

桂春从来不好意思在群里说话，有人问她在不在医务室，也不私自问，而是群里问，桂春会私底下单线回复。后来，为了方便大家，桂春自己索性就建了一个群。再后来，渐渐的人就多了，很多人主动要加入进来。桂春没办法，只好把医务室改名，改什么呢？桂春最后写下四个字——见字如面。改了，反倒有些好笑。杏子河上，几个人能懂其中的意思。不过桂春脸上有了笑容，自己也觉察不到的笑容。自己也不和同学交往，这个群，就当是同学群，多好！好多年没专门写过字，手生了。在处方笺上写下"见字如面"四个字，桂春觉得自己瞬间被撕破了。那一行字太难看，比起开处方的字，那行字简直就是活脱脱的自己。

桂春建了群，吸引力无与伦比。这个群热闹，没有风凉话，大家还彼此帮助，恳切。群名叫见字如面，姊妹们都不懂，也不多问。总之人们觉得，有桂春就好，桂春文雅，是城里人，又是大夫。桂春调动了大家的童年记忆，群里每天叽叽呱呱，热闹起来又平静下去。男人们也陆续加进来，发红包，沉寂的时候红包会一个接一个。谁领得多，还要请客。晚饭后群里也开始唱歌，唱得最多的还是陕北民歌。谁都能一展歌喉，杏子河一下子就缩在了这个叫见字如面的微信群里了。桂春感到自己被激活了，一盆即将枯萎的花有了新绿，嫩嫩的，让桂春感受到久违的心动。

杏子河上的人们疯了。自从有了微信群，他们也和城里人一样，经常从杏子河上出来，和在城里的杏子河上的人们聚会。在城里的杏子河的人们也经常聚会，回到杏子河上也是聚会。城里的南庄人，户口都在南庄，办事都要去高桥镇，他们觉得自己实际上还是南庄的人。在城里，就是有一套房子，是客居。提起南庄，人们还是热泪盈眶，尤其是在喝酒以后。

以前，人们都没有意识到人和人是这样的亲近。人们彼此忙碌，也不知道对方在干什么。有时候，城里住的和杏子河上住的人见面，才知道有的人竟然死了几年了，自己还不知道。人们于是相互感叹一番，安慰一番，再鼓励一番。多联系啊，一定多联系。单线联系不热闹，不过瘾，要在群里联系，要聚会。

于是，不同的聚会雨后春笋般盛开在杏子河上，盛开在南庄的角落。人们通过微信熟知了彼此的情况，那些一直躲在犄角旮旯的人，也被拉出来示众了。人们会在回忆中，回想那些年杏子河上发生的事。那时候人们都在杏子河上，为了生活，城市把人们吸引走了。现在，人们又思念故土了，这种情绪像发面团一样，逐渐膨胀起来，填满了人们的身躯。

杏子河上荒废的窑洞渐渐多了，门前长满了青草，脚都踩不进去。这家要么是有人在城里工作，要么就是在城里买房落户了。依然在杏子河上的人们会在山地的果园里，远远地叹息一声："这家人，和这里注定没关系了。"那些当年意气风发的后生，在生活的磨砺和遭遇下过早地离开了杏子河。比如几年前喝农药死去的连红，比如城里浪荡的常整平，再比如嫁出去的王美丽，被丈夫推到河里却浑然不知，娘家人只是在赔钱的情况下，私了了这桩命案。

人们随着这两年在城里和杏子河上往返的机会，也通过微信群的交流，再一次开始审视杏子河了。人们把目光一起投向了南庄，这个太阳升起的地方。所有的事，都围绕着南庄。可以说南庄代表了杏子河，杏子河上但凡有能耐的人，都出生在南庄。人们的泪点被戳中，是因为一部分人已经死去，葬在了山岗上。一部分人正在老去，他们不想那样稀里糊涂或者悄然无声地死去，相继被后人们扶上杏子河的山岗，与苹果园遥遥为伴。人们也看到了桂春，安静地守在医务室，安静得让人们甚至把她当成了杏子河上的菩萨。

杏子河一定是变了，以前人们看见的是光秃秃的和尚头，现在郁郁葱葱。城里人都喜欢这里了，沿路有了农家乐，蔬菜水果采摘园。一块地被分割成许多零星的小块吸引着城里人来这里亲自体验，城里人说，亲近泥土让人有存在感。杏子河热闹起来了，和过去二十年人们还没有进城那样，热闹起来了。热闹得有些羞涩，也有些张扬。

当人们意识到这一点的时候，人们开始老了。杏子河就像一个长长的集市，把人们过去的记忆重新串联起来。人们发现一个事实，过去挤破脑袋往城里买房，谁都不想回来，现在反过来了。在城里生活的杏子河上的人，以及真正的城里人，都纷纷退回到杏子河上。漫山遍野的苹果，火一样燃烧起来，让人们想起了更多的过往。

那些还在坚强地活着的老年人，在哀叹自己的寿命。他们逢人便会说："老不死啊，不死啊，有什么办法，活得都让人厌恶了。"他们假装羡慕那些已经被后人们扶上山岗的人有福气，到了该死的年龄就死了。看看自己，想死都死不了，成为后人们的拖累。人心往下疼，孩子们在城里的房贷，以及第二套房子的房贷。他们这些行将就木的人，为什么不早早死了减轻孩子们的负担呢？可是没办法，阎王爷不召见，黑白无常也不来接。他们还是依赖着村医务室，依赖着桂春。

桂春像城里医院的大夫查房一样，隔三岔五地给杏子河上的老人们挨个查过去。桂春的人气在这个时候积累起来了，人们又看到了报春姊妹的好。老百姓的心愿其实很简单，衣食住行医，还能有什么。比如看到关春回来，仿佛看到了过去二十年还拖着大辫子的关春，而和后来的遭遇一点关系都没有。

老人们还在极不情愿或心安理得地一个个倒下来，相继被扶上了山岗。终于有一天，是赵老师在人群中说了一句话："看看吧，都看看，七十岁以上的，几乎都殁了。剩下轮到我们这一茬子了，我们都在往老年走啊。前面的墙，已经都倒下来了。"赵老师说这话的时候，忘记了自己家里卧床多年的老父亲。他不是不想说，而是不好意思说。现在除了他父亲，都不在了，怕人们觉得他在炫耀，也怕人们会因为他的话勾起太多的伤感。

赵老师说完这话半个月后，他父亲老赵头也撒手人寰了。还是刚入冬的时候，他走得很安静，是在抽完半袋旱烟锅之后。长年累月的卧床，几乎没有人在意他的情况了。旱烟锅耷拉在一旁，啥也不需要交代。都清楚了，没那个必要。

这是杏子河上年龄最大的老人了，七十岁以上的真就剩他一个了。并且，他已经是八十五岁高龄的老人了。作为即将六十的赵老师，早就退居二线了。他一直在杏子河上教书、种苹果，除了去高桥镇开会，就没离开过杏子河。老赵头去世后，原本计划的出殡日期被打乱了。

杏子河上二十年都没这么热闹了，人们一传十十传百，微信群里人联系人，一时间除了可恶的秋水，其他人大都回来了。人们先后回到了杏子河上，回到了南庄，在老赵头的灵棚前跪下来，显得郑重其事。人们用城里人的文明方式和孝子们握手、问候。人们大都这样说："节哀顺变吧，顺心老人了，是喜丧。"所以有人提议丧事再延续几天，让人们借此机会在杏子河上聚一聚。

人们相互寒暄，谁还会回来，正在路上。谁确实忙，在请假中。小汽车像一条水蛇一样，一摆溜停在杏子河上。人们发现一个现象，回来的人，带头的人，其实都是赵老师的学生。人们一下子又羡慕文化人了，桃李满天下。现在他们都回来祭奠老赵头了，这个一辈子可亲可敬的老人。

按照习俗，以前都是最亲的亲戚轮流上祭，表达对逝者的敬重，也表达对活着的主人的面子和问候。这一次，却是学生们轮番上祭了，那个扭着腰肢端祭祀品的人，捡钱捡到了手疼。最后，有人将一百块放到酒杯下面，让他先喝上面的酒，再把下面的钱拿走。那人被一杯杯灌下去，终于顶不住醉倒在了灵棚前。乐队的鼓手们换了两批，累坏了，唢呐声都有些嘶哑了。从来都没见过这么大的阵仗，是学生们给老师的面子。

丧期由原来的五天改为十三天，杏子河的热闹再一次唤醒了人们对过往的回忆，联络起了人们的感情。秋女激动地重复着一句话："后来发现杏子河上的人都喜欢往回来走了，喜欢杏子河了，都越来越懂事了。"秋女说这话的时候想起了自己的弟弟秋水。现在只有秋水在南宁进去了，其他和他一起下去的几个人都陆续回来了，秋山也回来了。

秋水进去后秋山想通了，要靠实实在在的辛勤劳动，不再投机取巧了。债务固然大，起码有个目标。就是姐姐秋女的钱，秋山也答应下来早晚给还回来。秋山就是当年在满德家里替秋水当挡箭牌的秋山，秋山说："杏子河上要靠那些种苹果的人，也要靠餐饮，要办农家乐，还要办养猪场。"

秋山的农家乐还办起了鱼塘，城里人来了自己钓鱼。春来早香菇面的手艺也要学来,报春自然打发了宝瓶回来几天手把手给秋山教,一点都不保留。牌子依旧是春来早,下面一行小字:杏子河分店。

人们热气腾腾地在杏子河上聚了十三天,冬天反倒不冷了。赵老师家的院子里从早到晚炊烟袅袅,一早的羊肉荞面还没消化掉,下午的猪肉大烩菜又在锅里翻腾。田野红老子田满库吆喝着大家,杜康的小面包被丧事征用了,成天往高桥镇跑,采购人们的食材。

注定是老赵头的丧事要激发人们回到杏子河上的决心和情绪,人们把老赵头抬上山岗。一路上,都是赵老师的弟子们轮番抢着抬。赵老师只有敬烟说好话的份,都轮不到他抬棺了。太阳从南庄的后山上升起,送葬的队伍沐浴在冬日的暖阳下,肃穆又有朝气。整个杏子河上的人都被感染了,调动了,一起向山岗上浩浩荡荡鱼贯而行。

人们想起城里的太和山正月初八的情景,那一天,城里人都要上太和山祈愿。现在,杏子河上的人们是抬着这个地方年纪最长的长者,一起走向一个目的地。先行者在为后来者探路,一条人人都要走的路。但不是人人在未来的某一天都能有这么壮观的场景,人们抬着死去的长者,在遥想自己的未来。引魂幡高扬在杏子河的山岗上,一卷卷洁白的卫生纸被抛向山沟,披挂在树枝上。人们最后恋恋不舍地下山,谈论着过去和未来。人们离开也不是一散而去，而是一批又一批。小汽车接二连三开出了杏子河，驶向城里的方向。

人们回到各自的家，各自的生存岗位，依旧念着杏子河，念着南庄。情绪肯定是这一次真的被调动起来的，今后，应该以怎样的方式让杏子河上的人们聚起来，拧成一股绳呢？无论在城里还是在杏子河上，从此应该像一家人，不会被拆散。

人们在埋葬老赵头的日子里，想起了那些死于非命的年轻人，想起了逃离杏子河上的秋水。人们看到了杏子河上的变化，想起了和老赵头年岁相仿早已去世的老支书刘明山，也想起了艾名臣。他们和杏子河没有隔断，即使在去世之后，仍然是人们的榜样，人们也把秋水和他们一样深藏在记忆中。

杏子河就是一面镜子，照出了所有人的样子。喝过杏子河河水的人，都有一种和杏子河割不断的东西。有文化人说这是基因，是传承。当这种东西进入血液之后，即使发生变异，也有它固有的品质。

杏子河安静下来，杏子河也在汹涌澎湃。早些年，是南庄的能人们率先开凿了这条河流，才有了后来几个村庄的人安营扎寨。人们饮水思源，思考人该怎么活，做什么事。名节、财富，究竟哪个重要。人们最后的眼光落在了南庄的山顶上，落在了关公庙的断瓦残垣上。

人们几乎不约而同地想，在这个时候，该有什么东西代表一下自己的心思了。当然前提是，不能迷信。但供奉一个关老爷，一个忠义满天下，影响后人的人，不算是迷信，肯定是这样。并且这事是赵老师提出来的，文化人提出来，就一定不会有问题。因为文化人最懂道理，最守规矩。

冬天的干燥让人们焦灼不安，山地的果园严重缺水，来年肥料都不好施。一开春，果园修剪的时候树枝都干枯了，不等用力，树枝咔嚓一声干脆地落了地。

清明节很快就来了，前一天秋女就烙了一摞凉皮，为报春姊妹来上坟准备。报春想起经常梦见自己的姨父刘明山，决定先给姨父上坟。上山的时候也没带铁锹，一把火点燃了附近的树林。报春惊呼着，四处叫人。南庄的人们看见冒烟了，纷纷往来跑，只是来不及。报春急得没办法，自己上去用脚踩。迎面一股风扑来，报春的脸被烧黑了，额前的头发也被火燎了一把。

等秋女和南庄的人跑上来灭了火，高桥镇派出所的警车也来了，带走了报春。报春虽然被训诫一番，交了罚款，不过感觉南庄真的是变了。报春回到秋女家，惊魂未定，想起被派出所带走，觉得自己还是没经验，明明干燥成这样，就直接去了山上。秋女说："敢是我爸见你来，高兴，就燃了一把。"报春说："真是这样，罚款交得值。"

小汽车成群结队回到了杏子河上，人们今年上坟好像商量好似的。以前杏子河上回来上坟的人很少，见了面相互爱理不理的。

现在人们变了，好像多年不见，拉不完的家长里短。报春吃完凉皮，说秋女的手艺比安澜街的都好。院子里摆起了酒桌，秋女说："这一回来，都带几分劲，菜还没上，人就话长了。"

报春决定在秋女家住两天。清明节过一天还是下了一点小雨，雨很吝啬，只是将大地的味道浇出来就散去了。人们期待的心落空了，没下雪的冬天，几乎还很少见。去年是怎么了？不下雪，就意味着干旱。即使不看电视，人们凭经验也知道，今年怕要麻烦了。

虽然今年果园情况不太好，但是抵不住秋女的心态好。秋女陪着报春在南庄挨家挨户地走，报春专拣那些出去的，房子空着的去，脚都踩不进去了。报春走一路叹一路，自己还是姑娘的时候，二十多年前的南庄，姨父刘明山在的时候，那是一个大家庭啊。热闹啊，在哪家都觉得好，现在多荒凉。报春的高跟鞋终于受不了，穿了秋女纳的老布鞋，嘴里叫着舒服。

走了一回，报春提起这家笑一阵，提起那家哭一声。桂春也来陪。报春见桂春回来以后一点后悔的意思都没有，但还是替桂春难过，说："就不打算再……"话到嘴边又咽下去。桂春佯装没听见，难得一人一个心态，一人一个活法。报春实在觉得桂春该回到城里。秋女说："关春命好，现在孩子们都好了，挺过来了。"报春说："傻人自有傻命。"说着看了桂春一眼，桂春说："你意思，我聪明？"报春说："嗯。"桂春却一点都不恼，让报春深感意外。

桂春凑近报春，问："你看我气色比过去？"报春说："这倒是真的，年轻五岁？"秋女笑道："我看年轻十岁，你们姊妹三个，都显年轻。"报春笑道："咱姊妹四个。"秋女说："我可是农村人啊。"报春说："我也真想在南庄住下来，做一个真正的农村人，而不是城里的农村人。"秋女说："现在的人都怎么了，出去的，在城里工作的，一回来都这样说。"报春说："你问桂春。"桂春说："故土情结。"秋女问："啥？"桂春说："老家的味道，童年的味道。"秋女说："懂了。"报春想感叹，但是不知道怎么说，还是问桂春，桂春又说："回来有安全感。"报春说："这下我真懂了。"

杏子河断流了，河底都看见裂缝。调皮的孩子在上面踩，一点水都踩不出来。小汽车接连开出去了，杏子河又安宁下来。山上果园里的人们，期待着小汽车有机会多回来几次。杜康的小面包，接送那些自己没小汽车的人，一趟又一趟。杜康的脸上洋溢着笑，小面包旧了又换新。

杜康靠着这个，没有羡慕那些种苹果的人家。有关杏子河上人们的信息，都可以从杜康这里打听到。杜康原来是个小灵通，现在已经不是小灵通了，就是一个咨询台。人们现在叫他"杜记者"了，人们也是与时俱进的。杜康得了这个绰号，每天进出杏子河，小面包的喇叭就没停过。

　　杜康不能喝酒，只能开车。杏子河上的人们在城里一聚会，就用杜康的小面包。喝完酒，唱完歌，醉得一塌糊涂，忙碌的人们要回杏子河上来。不管多晚，杜康都是随叫随到。"候着呢……"杜康经常这么对叫车的人说。秋女叫来杜康的小面包，把报春送出杏子河。

　　回到城里，报春还是病了一场，才五十，就觉得老了。开元出来后，经历两次创业的失败，觉得还是春来早好。算命的也给开元算过了，和老婆一起干最安全。开元心里骂一句，嘴上倒是欢喜。现在，大事小事都听报春的。报春这个清明节回南庄上坟，开元本来也想回，报春"嗯"一声，眼神往开元面前一横，开元就"嘻嘻"了。小环说："这男人啊，就得家教严，看姐夫现在多好，像个听话的孩子。"开元给小环龇牙，小环说："你就是孙猴子，逃不出大姐的手掌心。"开元说："你们女人啊，蹬鼻子就上脸。"宝瓶说："小环说得对，听老婆的话跟党走，没错。"开元在宝瓶脖子上抽了一巴掌说："你把你老婆搁碗架上，搁你脖子上。"

　　聚了散了，散了又聚，现在的春来早又成了原班人马，报春就是在家里养病也安心。已经结婚的媳妇都很孝顺，她们都是安澜医院的护士，因为忙，也不来春来早。报春等着抱孙子，她们都说不着急，要玩够呢，还没玩够。报春不知道她们要怎么玩才算够，报春休养的时候和桂春聊得最多。不管怎么说，回杏子河上是桂春自己的选择。

只是，女人没个男人怎么行？报春还是遗憾，桂春也说会认养一个干女儿，孩子还是人家的孩子，就是应个名分。秋女说："把我孙女小山芋认了，是你给接生的呢。"桂春说："那怎么行，差辈分。"秋女说："不叫妈，叫老姨，和妈一样亲就好。"桂春说："我也是嘴上说，我是赤条条来去无牵挂。"除了看病当大夫，桂春还在电脑上写文章。秋女说："你打小就和我们不一样。"桂春说："是啊，所以我才靠电脑陪伴啊。以后，这电脑就算我的男人吧。"

秋女一听哭出来，隔天秋女和男人去高桥镇学习苹果培育技术，看见镇上的老干部老梁。秋女说："我看当对。"秋女男人说："你乱点鸳鸯谱，不是一路人。那老梁是个嫖客，一辈子改不了。"秋女说："你们男人怎么都这样？"秋女男人说："是有些男人那样，不是所有男人都那样。"秋女说："我不是那个意思，难道桂春真就这个命？"

高桥镇的集散了，秋女买了一块肉，肥的都炼油了，瘦的做了大烩菜。小山芋在一旁奶声奶气："不吃绵肉肉，要吃硬肉肉。"秋女请桂春吃，桂春说："谢谢姐夫啊，不把我当外人。"秋女说："还是找个人，你看人家有孩子你不爱？"桂春说："已经错过了。"秋女说："结婚，抱一个。亲在自己身上，也一样。"

秋女和报春对桂春的事最上心，报春和秋女一个意思，在高桥镇找一个。以桂春的性格，不可能在杏子河上找，倒不是桂春眼高，是生活习惯。起码要念过书的，要是镇上的退休老干部。桂春也四十老几了，找个没了老伴的也合适。说着说着，就真有这么个合适人，虽然没退休，是信用社的会计董兴致。

董兴致不是本地人，学校毕业那时候分配来的，也是年轻时候婆姨就死了，再没结婚。秋女说："我怎么没想起这个人？"报春说："听人说，他除了上班，就在镇子上的棋摊猫着，没人注意他。"

隔天，秋女男人请了董兴致来家里，桂春不知道情况，以为是来下乡的。没想到的是，两个人竟然一见钟情。桂春脸红了，吃饭都不自在。董兴致也是一样，筷子一直哆哆嗦嗦。和秋女男人喝酒，喝到半路上才好点。秋女趴桂春耳朵边说："也是个实在人。"

董兴致不是本地人，要是本地人，上学时候应该和桂春同学，论起来，初中是一级的。桂春想，千寻万找，竟然是这样。董兴致也觉得婚姻是命中注定，这么多年都忘了结婚的事。高桥镇的人都把董兴致叫怪人，怪人和普通人不一样，因为怪人执着。桂春也是怪人，如今，两个怪人要在一起了。

南庄的人背地里一直把桂春叫老女子，虽然桂春结过婚，但南庄的人就没见过那个女婿。人们只知道他叫章良，章良就是张良。老年人都知道张良最后不在朝了，寻仙访道去了，所以这个女婿就没来过南庄，那么桂春就等于是没结婚。就算结婚也没孩子，所以不是老女子吗？老女子回来后人们看不出她的前途，现在人们都为她高兴。

报春的病一下子好了，回来要给桂春操办婚事。关春也要回来，报春说："我走了，你就是春来早的掌柜，小环是你的助理，把厨房里的那几个男人给我管好。"刚刚经历了老赵头的事，平静下来的杏子河上又热闹起来了。人们现在不适应安静了，安静几天就想聚会。

杜康的小面包都要跑到罢工了，日夜不停。只有看到杜康的小面包，人们才安心。现在报春要回南庄给桂春操办婚事，要敲锣打鼓热热闹闹把桂春嫁到高桥镇呢。仿佛这喜事是自己家的，人们跃跃欲试都想参与进来。人们把桂春叫大夫，不直呼其名，就像人们把董兴致叫董主任一样。他们都不是农村人，所以这场婚礼要大操大办。

报春回到南庄，在秋女家住下。秋女说："你说怎么办，我们给你办就是。这么大的院子，想请谁来就请谁来。"报春说："以前孩子们结婚，都是安澜街的酒店包席。这一回，还真要看你们的了，一项项都记下，钱我出。"报春现在没有经济负担，说到出钱就是有底气。报春还说："钱能解决的事都是小事，问题是很多事拿钱解决不了。"报春做起了家长，要把桂春风风光光嫁出去。

消息是通过微信群走漏出去的，看定了好日子。前一天人们都回来了，这是习俗。嫁女儿，娘家人都愁苦，心头肉要被割去。第二天迎亲的一来，席面一撤，姑娘就成泼出去的水了，所以人们更看重头一天。流行的东西先在城市里流行，因为城市有这个实力。后来，流行的东西不值钱了，开始普及到农村。现在，农村的人喜欢用豪华车迎新人，而城市里的人却改变了观念，反过来了。用人们的话说，就是城里人吃粗粮，农村人吃细粮。所以桂春结婚，绝对没有来豪华车，而是来了一顶大花轿。

董兴致先是用一见钟情来形容自己和桂春的姻缘，现在用心有灵犀来形容了。以桂春的性格、遭遇，结婚不能那么俗，要有新意，于是从城里雇来了大花轿。最让人们难以理解的是，四个轿夫要把桂春从南庄抬着，沿着杏子河走出去。再往西，到高桥镇。轿夫自然没那苦力，即使桂春身材苗条，但是董兴致不怕花钱，叫了十六个人轮流，绝对不能含糊。董兴致自己呢，骑在毛驴背上。董兴致虽然快五十岁了，但一点发福油腻的迹象都没有。清清瘦瘦的，书生意气的，骑在毛驴上像个赶考的秀才。

人们再一次惊讶了，般配。因为不是本地人，董兴致家只是来了家人，亲戚们都来不了。镇上和董兴致关系好的人都来迎亲了，董兴致的人气就是好，轿夫们省事了，那些爱热闹的人要轮流着抬轿子。桂春感觉以前那么多年都白活了，结婚也是稀里糊涂，和章良也是有名无实。即使离婚的时候，章良都是轻描淡写，甚至觉得就像喝凉水那么简单的事。都没有生气，甚至最后都没有看一眼自己。

小马比自己小那么多，算是荷尔蒙的一次失控吧，说断就断得干干净净。桂春觉得小马说的自己的韵味，不过是自己的年岁原因。女人到了一定年龄，沉淀多了，韵味自然会出来。小马只是小，只是一只在老婆怀着孩子的时候出来觅食的猫。要是让人知道，小马的人品真有问题。其实小马压根就没看上自己，自己就是开诊所的一个赤脚大夫。想起这些，碰到了桂春的软肋。即使小马以后想继续和自己好，桂春也不会答应。稀里糊涂就那么一次，小马属于他的家庭，他的老婆和未来出生的孩子。

顺意吧，对自己那样痴恋，但是兴头过了，面对自己的家庭，竟然一五一十地把一切都给自己的老婆招供了，还那样磕头谢罪。

在等待轿子的时候，桂春脑子里过电影一样放映了一遍自己简单又尴尬的情感经历，眼泪还是不争气地下来了，只好补妆。新娘子的待遇是杏子河上的人们没见过的，人们只能挖空心思想出来这个字眼——有档次。大花轿在迎亲队伍的簇拥下浩浩荡荡走进了杏子河，走上了南庄。

人们列队两排，让进了秋女家的大院子。仪式很复杂，但一丝不苟的讲究，看出来董兴致的郑重其事。男人对女人的心，能从细节看出来，能从男人喜悦的眼神看出来。没有披金挂银的排场，但是有这些还在意什么披金挂银呢？人们赞叹着般配，女人们羡慕桂春，打小就和我们不一样，才有这个好结局。老女子也没人背后叫了，那和桂春现在的情况一点都不合拍。

女人们觉得自己亏了，自己的男人什么时候对自己好过，哪怕是新郎对新娘的一点点好。他们也想和桂春一样，被娇羞地抱上大花轿。人们也忘记了桂春的过去，仿佛她是头一次结婚。桂春的家人，以及秋女和秋女男人，以及南庄的人，杏子河上的人，没有觉得嫁女儿有多难受，人们的喜悦之情没办法表达出来。新娘子娇羞地坐上大花轿，往高桥镇的方向去了。人们内心踏实了，这应该是杏子河上最让人放心的一对儿。

董兴致写得一手好毛笔字，桂春爱写文章，两个文化人在一起，除了般配，人们不知再怎么表达。赵老师说："举案齐眉，相敬如宾。"医务室以后谁来料理，杜康说："现在交通这么发达，有病都到镇上看。"人们一起说："好你个杜记者，这就开始招揽生意了，压住给灌上几杯酒。"杜康从来不喝酒，这次也放开了。喝到最后还要爬进小面包跑生意，却被婆姨踹了屁股。惹得人们笑道："生意还没做成，就被自己的婆姨收拾了。"

第十章

　　桂春嫁到高桥镇，有了自己的家。人们一下子忘记了桂春，好像她回来就是坐一回娘家，和南庄没关系了，和杏子河也没关系了。以前都知道桂春喜欢在杏子河上行走，都觉得她婚姻不顺，心情不好，有点精神病。现在桂春的结局又让人们惊诧不已。命运，人们坚定了这个想法不再动摇了。也因为桂春的出嫁，在埋葬老赵头的基础上，人们聚在南庄，聚在杏子河上的欲望加倍强烈，甚至是迫不及待。

　　人们再一次郑重其事地推荐了赵老师主持大局，完全按照民间的行为，先动静起来，慢慢水到渠成。严支书可以不出面，高桥镇的态度很模糊，到时候按照国家规定来疏通。只说不干，关公庙还是修不起来。人们聚在赵老师家，将每家在世的人全部罗列出来，这一次还要把嫁出去的老小女客都叫回来。各个微信群再一次热闹起来，发挥了巨大的作用。不到三五天，方案就出来了。

秋女的孙女小山芋，从来没见过家里突然来了这么多的陌生人，躲在门后不敢出来了。回来的人们，陆续走上已经被今年突如其来的几场暴雨冲刷得一点踪迹都没有了的关公庙遗址。今年的暴雨导致杏子河暴涨，常年不住人的窑洞先后坍塌。人们再也不想无动于衷了，借着翻修自家院落的机会，一定要把关公庙修起来。只有这件事，最可以聚人气。只要有人气，就能和过去一样。人们期待借助修庙，让杏子河再一次回到那个热火朝天的时代。

南庄是杏子河的龙头，人们的眼光一起聚拢在南庄，聚拢在赵老师家，聚拢在秋女家。因为秋女家在南庄的中心，院子又大，来往的人都逗留在这里，小山芋也渐渐胆大了。赵老师对回来的人说："少小离家老大回，乡音无改鬓毛衰。小山芋见了不相识，笑问客从何处来。"秋山的经历和秋水的现状，坚定了秋女修庙的决心。小山芋每天蹦蹦跳跳的，让回来的人们喜欢不已。秋女家的院子里欢声笑语，人们已经预感到了庙修好后的气氛。

嫁到高桥镇的桂春也知道杏子河上的热闹。嫁过来两三个月了，桂春早晚和董兴致腻在一起。董兴致除了上班就待在家，和赵老师说的一样，举案齐眉，相敬如宾。桂春写文章，董兴致写毛笔字。棋摊也不去了，棋友们都知道董兴致的兴致完全在他老婆那里了。

桂春和董兴致像城里人那样起来锻炼，生活习惯非常好。董兴致一下子回到了最世俗的生活，才觉得柴米油盐就是最好的生活。人间烟火气，不是他不想，是没那个机会，一旦有了机会，他非常适应。每天，就想和桂春腻在一起，那事也是细水长流，都不像是四十老几的人，倒像是年轻时候。

桂春也觉得离奇，好像过去遗憾的，现在都在彼此补偿。有时候，他们一天恩爱三次，早中晚，却该干啥干啥，一点都不累，春风满面的。桂春还好，出来少，董兴致去上班，镇上的人看着董兴致，左看看，右看看，前后再看看，就是不说话，笑眯眯的。导致董兴致没办法，又不好先开口。人们说："董主任啊，还好吧？"董兴致说："好，好啊。"言语中一点藏着掖着都没有。人们又说："可要悠着点呢，毕竟奔五了。"董兴致其实很会开玩笑，只是以前没兴致开，现在他放开了，说："攒了这么多年，由不得自己了。"说着伸伸腰，故意要把自己的腰往直挺，显示自己的实力。

南庄修庙的事，桂春还是有些顾虑。董兴致理解桂春的心思，要陪桂春回南庄看看。桂春说："身体懒懒的也不想动。"虽然是大夫，但桂春却没经历过女人该经历的。等几天，就是嗜睡。到卫生院看了张大夫，张大夫听诊后，又给桂春号脉，脸上的笑很诡秘。董兴致在一旁按捺不住，想问，又不好意思。张大夫站起来，洗手，还是不说话。董兴致忍不住，问："老张，到底什么情况？"张大夫要董兴致着急到最后，哧哧笑道："我说老董啊，我的董会计，董主任，你行，你真行。"

桂春一直以为是自己的问题，和章良结婚后就没检查过是谁的问题。所以桂春一直觉得一切就是命，从来就没想过怀孕的事，孩子的事，将来的事。现在好了，神不知鬼不觉，有了。桂春一下子哭得稀里哗啦，当着张大夫的面也不忌讳，头抵在董兴致的肩膀上。半天哭够了，这下桂春却不想回南庄去了，该怎么护理自己，真正的人生才开始了，绝对不敢马虎大意。想起秋女的孙女小山芋出生，秋女媳妇叫了几声，就像鸡下蛋一样那么简单。毕竟是二胎了，好像一点都不怕，大义凛然地就把小山芋生下来了。自己却不能像她那样，毕竟都四十八岁了。董兴致说："要去城里的安澜医院看看，大龄妇女啊。"

董兴致把"大龄"两个字说得很重很重，他其实比桂春还要担心。前仨月要小心，两个人都明白这个道理。桂春突然说："都忘了我也是个大夫啊，只把我当孕妇了。"两个人才恍然大悟，桂春摸摸肚子，半辈子当大夫，只接生过小山芋，也喜欢小山芋。桂春说："像小山芋那样可爱就好。"说着话，就想见见小山芋。

其实桂春最挂念的事，还是修庙的事。不知道为什么，这件事传得好大，高桥镇的村庄都在修庙，争先恐后。

在桂春的记忆里，杏子河一带就没有庙。自己从来都不知道有个关公庙，也不知道它在哪里，桂春也知道报春和秋女两人很在意。高桥镇集市上，桂春看见了杜康的小面包，就想回去看一眼情况。一路上，杜康的小面包开得很慢很稳，稳得桂春都不好意思了。杜康说："开了半辈子车，知道客人需要怎样。再说了，你现在这情况，南庄的人都替你操心哩。"桂春更加不好意思，问："庄里人都知道了？"杜康说："信息时代啊，人人手里一个手机，天下事都知道，只是都不好意思跟你说罢了。"

杏子河上，沿路都是在翻修自家灾后的院落，到南庄后，见很多人家都翻修得差不多了。桂春心里愉悦起来，大雨似乎把过去陈年的东西都冲走了，沿着杏子河无影无踪了。桂春不知道人们为什么要热衷修庙的事，这事如果谁提出反对意见，即使不招来当面的驳斥，也要让你心虚一阵子。

桂春和董兴致一样的想法，对这个传统文化的东西若即若离。即使修庙，也应该让高桥镇出面，有个明文规定啥的，怎么就像雨后春笋一样了，人们好像生怕自己村庄的庙宇修迟了。庙会请戏班唱戏，这是高桥镇上的庙会常年的惯例。只是桂春觉得一起修庙还是有些太唐突，桂春想，和自己有这样想法的人，大概也只有自己和董兴致了。

　　桂春也告诫自己，好容易现在自己有了家庭，说话不能和过去一样，看惯的说，看不惯的也要说。杜康说："赵老师说了，修庙的事，人人都要有份子钱。万事开头难，集资不起来，就要和信用社贷款。"后视镜上看看董兴致，董兴致"啊"了一声，好像就没听杜康在说什么。然后说："好，好好好。"桂春说："中国人，大概人人心里都住着一个神。只是要真的把这当个事做，我觉得不太好。聚人气，非得这样吗？没有别的办法了吗？"

　　董兴致想说什么，看看杜康的后脑勺。风从车窗里吹进来，杜康头顶上早就没头发了，只是后脑勺的头发还留着并且很长，横七竖八地在风中左摇右晃。董兴致还是说："可能是……"停顿了一下："可能是心里缺点东西，钱包鼓起来，心里缺少了东西。至于缺少了什么，其实我也刚开始想这事。要不是当了南庄的女婿，我可能不会想这些事。我知道到处都在修庙，你不说，我真当没看见呢。"

　　南庄的人们也在翻修着自家坍塌的窑洞，不过现在都不修窑洞了，而是砖混结构的二层平房，外观像城里的别墅，设施也比过去先进多了。一场大雨再一次拉近了城乡之间的距离，起码在形式上，人们对生活有了基本的要求。只是庙宇还没动静，人们憋着一股气，先把自己的家修好，然后再集体修庙。

　　规划书做好了，会一步步安排下去。分工很细致，看样子花费了不少心思和精力。山顶上竖起一个旗帜，杜康指着给桂春介绍了关公庙的位置。桂春惊道："原来在那里啊，我真是少见多怪了。"杜康说："不难怪，你十几岁就出去了，那时候也是好读书的人，哪里知道这些。"桂春有些不好意思，感觉自己终究还是被人看作怪人，脱离群众的人，一副事不关己高高挂起的样子。

回到南庄后，桂春才发现医务室也拆除了。原来停办的南庄小学，也被拆得七零八落。杜康说："都运上寨子山准备修庙了，为了节约成本嘛。"桂春的心一下子迷茫了。董兴致理解桂春，有意搀了一把桂春。桂春就是不理解，这些地方也要拆，哪里还不能拆？小面包停下来，桂春下了车，四处看。离开南庄才几个月，因为特殊情况，回门都免了，后悔自己没按常规来。即使回一下秋女家，也算是回门了。当时记得秋女说过这个事，大家都没赞同，特事特办嘛。

桂春觉得离开这段，南庄都变了。严支书家的门口到大路上，都是用瓷砖铺就的。瓷砖五颜六色，像过去的门帘一样显眼。还有，秋女家的大门也显赫了，这不是秋女的风格吧。小山芋站在大门口，脸蛋虽然有点脏兮兮的，但是眸子清澈见底。桂春一下子抱住小山芋，恨不得在她小脸蛋上咬一口。

秋女听见是桂春，声音先传出院子，衣服也干干净净，桂春说："都不敢认你了，姐，怎么变化都这么大呢？"秋女说："回来的人多了，我也不能像以前那样邋遢，该讲究的还是要讲究呢。城里回来的人都说要文明，再不文明，给后人丢脸呢。"秋女一天都在做饭，回来的人除了在赵老师家谈事情，都来秋女家歇脚。秋女有她父亲刘明山的好家风，对人热情，自己的好像就是大家的一样。

秋女对桂春说："日子看好了，秋后果子都上路了，就开始动静，赶天冻之前修好，明年办庙会。现在啊，就是资金不够，大家嘴上是说集资，可是都说等事后凑份子。没人能料理这事，加上都在翻修自己的院子。先放着，最后谁愿意垫付，就把谁的名字写在功德碑的第一位，已经有人报名了。"桂春心里五味杂陈，不知道说什么好，也不知道是自己变了，还是人们变了。总之，桂春就是觉得哪里不对劲。特别是自己嫁到高桥镇，医务室就拆除了。要是自己没嫁呢，是不是也要拆，难道这就是命运？

桂春浮想联翩，只是和董兴致逗小山芋玩。桂春看着小山芋，猜想着她以后的命运。仿佛小山芋一天天长大，重复着每一个人的命运，终究也逃脱不了让人爱恨交加的世俗。桂春吃罢饭，一刻也待不住，好像肚子里的孩子在催着她回去。路过刚被拆除的医务室，一片砖瓦都没留下。平地上只有地基的痕迹，浅浅的，又有些凌乱。桂春已经想不起医务室还在那里的情景，看一眼，再看一眼，就像做梦一样。

秋日的暖阳要下去了，弥散在杏子河上。桂春真想再走一次杏子河，等庙真修起来的那一天，也就是计划中的两三个月内，自己不知道还能不能回来凑热闹。那时候，南庄的人，杏子河上的人，据说要来一次前所未有的大聚会。你想见的，你不想见的，都会出现在这里。围在庙宇的周围，看戏，讲过去的事。

"小面包"不知疲倦地穿梭在杏子河沿岸。这一回，速度稍微比回来时候快一点，桂春反倒感觉很合适。董兴致小心地搀着桂春的胳膊，像搀着未来的孩子一样，认真、踏实。桂春第一次没有看窗户外，没有看杏子河。只是眼泪忍不住往下落，烫在脸上一样，流到嘴角还是热热的。只能感受到"小面包"换挡时候的顿挫，她把头埋在董兴致的胳膊弯，小鸟依人，也不在乎杜康的后视镜看见什么了。

桂春迷糊起来，眼前只有小山芋的眸子，黑亮黑亮。仿佛杜康就是照着小山芋眼睛的方向，疾驰而去。

南庄修庙的事，关春和来望也知道，关春要让来望到时候回去尽义务。倒是开元蠢蠢欲动，要把自己的名字写在功德碑上，私底下不敢和报春说，心里倒是有这个死主张。报春说："轮不到你。"开元问："那你说轮谁？"报春说："轮庄里的大户人家。你家是，我家是？"问得开元哑口无言。报春说："你看看，分析一下，老严家弟兄几个，村里的当支书，在外的腰缠万贯，当官的也有，虽然官不大。到最后，不信你看，出头的肯定是他们，只是现在没显山露水罢了。"

开元问："提前垫付，你没和秋女问问，有上限没？"报春说："你猜一下。"开元想了想，说："三五千吧。"报春说："你胆子小了，口气也小了，就是你说的什么格局，也小了。"说完一点责备的意思都没有。开元问："难道还有胆大的？"抱春说："起码一万以上，假如你出一万，老严家弟兄必然比你高。"

开元说："那我让他们先出。"报春说："由不得你。咱说到底，就是开饭馆的人。这次修庙水深浅，咱心里要有数。不能盲目跟风，该帮助就帮助，只是参与，不显摆不耍大。"开元听话地点点头，关春说："大姐就是厉害，你看他现在对你唯命是从。"报春说："他是懂事了。"小环说："枪打出头鸟，不生事的人最聪明。"报春说："还是小环说得对。"

报春也知道要修庙，并且从去年以来一直很关注，时常和秋女联系，总是那句话："有消息，你第一时间给我打电话，毕竟这庙，是我爸和姨父他们打砸的。多少年过去了，又要修，要拿这事聚人气，也是好办法。说到底也是好事情。钱我一定出，不管多少。"

报春还对秋女说："无论老严家弟兄出多少，我翻一番跟着，他们不怕，我更不怕。"只是这事没给开元透露，除了秋女，报春不会给任何人说这个秘密。报春还说："咱这次，一定不能从老严家弟兄的桥底下过，要踩着他们脊背。"秋女连连说好，又说："只要他们出手，咱就加。他们看到我们加，就不会再加了，只会引我们上钩。"报春说："也别这样自信，道高一尺魔高一丈呢。"

报春还是抽空回来看了一眼，重复了和秋女在电话上的话。走时，秋女要叫杜康。报春拒绝了，说正好锻炼锻炼。

沿着杏子河，报春觉得自己也和关春一样了，和桂春一样了。以前桂春那么爱一个人沿着杏子河走，被认为是精神有问题，后来人们说那是文艺情怀。关春也是，好像比桂春还要什么文艺，死脑筋傻傻的一个人在杏子河上唱歌。还要上什么《梦想舞台》，其实是做了一回噩梦。

报春想了南庄很多很多过去的事，如果真的再修庙，自己说过要掏钱，但自己也是泼出去的水。想到这点，报春还是觉得将来的风头，会被老严家弟兄抢了去。

不过走出杏子河以后，报春突然觉得，南庄的事，也随着那几场暴雨被冲洗得干净彻底了。小环说得对，枪打出头鸟，即使真抢了风头，又有什么意义。关公庙的事，纠结了这么多年，时时处处的小心。报春累了，秋女也累，只是秋女不说。

现在，该是放下的时候了，都五十岁的人了。人能有几个五十岁，去过折腾的时间，人的安生日子实在是不多啊。报春本想去高桥镇看看桂春，知道她有了身子。犹豫了一下，等下次吧，下次一定去。桂春有了好着落，遇上了情投意合的男人，这一点，报春最安心。

一件件事，一桩桩事，逐渐安定下来，报春一下子释然了。接着，给秋女打了电话，说："不忙的时候，一定沿着杏子河走一次，一个人走。"

　　电话那头的小山芋在哭闹，秋女有点反应不过来报春的意思。报春还想对秋女说："以前都是赶路，往前扑一样，生怕迟到了挨骂。谁知到了现在这个年龄，这样走出来，却是另一番滋味。"

　　小山芋还在哭闹，报春就挂了电话。秋女着急哄孩子，哄好孩子，才是要紧事。报春相信，早晚，秋女一定会和自己一样，不用人说，也就明白了。

码上见证

新时代南庄人
的幸福生活

01. ⌂ 走进南庄

点击翻开劳动人民
的生活画卷。

02. ↙ 大美陕北

云游陕北桃源，
领略山乡巨变。

03. 目 悦读交流

交流阅读感悟，
传承振兴使命。

04. 📖 南庄日记

看尽时代变迁，
记录读者感悟。